Dietlof Reiche

Freddy
und die Frettchen des Schreckens

Dietlof Reiche

Freddy
und die Frettchen des Schreckens

anrich

Freddy im Internet:
www.hamsterfreddy.de

Programm Beltz & Gelberg, Weinheim
edition Anrich
Einbandillustration: Wolf Erlbruch
Satz: Satz- und Reprotechnik GmbH, Hemsbach
Druck und Bindung: Druckhaus Beltz, Hemsbach
ISBN 3-89106-418-7

Gesetzt nach der neuen Rechtschreibung

1. Kapitel

Die Kaninchen waren vollkommen arglos.

Sie schliefen friedlich in ihrem Bau, und nirgendwo, nicht im kleinsten Winkel ihrer sonst so ängstlich-wachsamen Seelen, regte sich eine Ahnung davon, dass draußen gewisse Vorbereitungen im Gange waren – Vorbereitungen, die dazu führen sollten, dass keines der Kaninchen (sie waren etwa ein Dutzend) diesen Nachmittag überlebte.

Es war ein drückend schwüler Sommertag des Jahres 1593, und vielleicht lag es an dieser Schwüle, dass die Kaninchen ihre gewohnte Vorsicht vergaßen. Jedenfalls hatten sie keine Wachen aufgestellt. So konnte draußen vor dem Bau der große, finster blickende Mann unbemerkt seinen finsteren Geschäften nachgehen.

Zuerst legte er Fangnetze über die Kaninchenröhren – es waren sechs Ausgänge, von denen er einen frei ließ – und befestigte die Netze mit fußlangen, eisernen Nägeln, die er behutsam und leise in den Boden drückte. Darauf legte er einen Knüp-

pel bereit (nur für alle Fälle; denn für gewöhnlich pflegte er die Kaninchen, die sich in den Netzen verfingen, mit einem Schlag der Handkante „abzutun“, wie er das nannte), und endlich wandte er sich dem kniehohen Kasten zu, den er neben derjenigen Kaninchenröhre abgesetzt hatte, die ohne Netz geblieben war.

Der Kasten war, obschon aus rohem Holz gefertigt, sorgfältig getischlert. Die seitlichen Luftlöcher hatte man sauber und in regelmäßigen Abständen gebohrt. Der große, finster blickende Mann entriegelte den Deckel des Kastens und klappte ihn hoch. Darauf griff er mit beiden Händen in die Öffnung. Und als er die Hände langsam wieder zum Vorschein brachte, da hielt er mit jeder Hand ein Frettchen gepackt. Die Frettchen waren ungewöhnlich groß, fast armlang, und hatten dichtes, schmutzig-gelbes Fell. Beide rissen sie die Mäuler auf. Sie rissen die Mäuler so weit auf, dass man die spitzscharfen Zähne bis hin zum Schlund sehen konnte. Und daraus drang …

… ein Fauchen.

Ich hörte ein Fauchen.

Es war ein so scharfes und bösartiges Fauchen, dass meine Alarmzentrale gar nicht anders konnte, als mich hochzureißen. Ich stand steil aufgerichtet und mein Fell war gesträubt wie dreimal gegen den Strich gebürstet.

So fauchten Frettchen. So laut und wild fauchten Frettchen, die auf der Jagd waren. Gleich würden sie in den Kaninchenbau eindringen, würden durch unterirdi-

sche Röhren schießen, Schrecken und Terror verbreiten und dann … Da erstarb das Fauchen.
Und außerdem war hier kein Kaninchenbau.
Langsam ließ ich mich nieder.
Natürlich war hier kein Kaninchenbau.
Das hier war die Wohnung von Master John. Die Wohnung von Master John und uns Tieren.
Ich saß auf dem Arbeitstisch, an der Tastatur des Macintoshs. Und vor mir, auf dem Monitor, stand zu lesen, was ich gerade eingegeben hatte – ich war dabei, den Anfang meiner Geschichte *Der Herr der Frettchen* zu schreiben.
Schau an, schau an. Da war ich doch tatsächlich von dem, was ich eigenpfötig in die Tastatur gedrückt hatte, selber dermaßen in den Bann geschlagen worden, dass ich die Frettchen aus meiner Geschichte hatte fauchen hören. Nicht schlecht, Herr Schriftsteller! Das nennt man wirklichkeitsnahes Schreiben.
Es war kurz nach Mitternacht. Da sind wir Goldhamster so munter wie die meisten Menschen den ganzen Tag über nicht. Master John schläft zu dieser nächtlichen Stunde. Zum Glück. So kann ich den Macintosh ungestört benutzen. Auch sonst stört mich niemand. Nicht der vornehme Kater Sir William (mit dem ich an sich ganz gut klarkomme – wenn er nicht gerade versucht, mich zu gängeln) und vor allem nicht Enrico & Caruso. Das sind die beiden singenden und kaspern-

den Meerschweine, die dank meiner schriftstellerischen Tätigkeit einen gewissen Bekanntheitsgrad erlangt haben. Muss ich über die beiden noch mehr sagen?

Na gut: Es sind die liederlichsten und dreistesten Meerschweine, die ich kenne. Wie viele Meerschweine ich überhaupt kenne? Nur diese zwei, nur die. Und das sind, um es klar zu sagen, genau zwei Meerschweine zu viel. Nicht den kleinsten Funken Respekt haben Enrico & Caruso vor einem Goldhamster, der als weltweit einziger Nager lesen und schreiben kann! Okay. Cool down, Freddy.

Jedenfalls: Es ist ein abgrundtiefes Glück, dass Meerschweine tagsüber aktiv sind. Dass also die beiden Scherzschweine Enrico & Caruso nachts, wenn unsereiner seiner ernsthaften Arbeit nachgeht, in ihrem Käfig ratzen (den Master John unbegreiflicherweise ständig offen lässt).

Übrigens ist auch Sir William nicht gerade ein Fan meiner Schriftstellerei. Als ich ihm etwa heute Nachmittag von meiner neuen Geschichte erzählte, hörte er zuerst wohlwollend zu. Dann aber sagte er und es klang ehrlich besorgt: „Freddy, Bester. Bist du sicher, dass das Ausdenken von Geschichten deinen Verstand nicht über Gebühr strapaziert? Schließlich bist du ein Goldhamster. Und die Natur hat deinem Gehirn ganz andere Aufgaben zugedacht.“ Mit anderen Worten: Sir

William hält es für ziemlich abartig, dass ein Goldhamster Bücher schreibt. Sei's drum. Ich weiß, was mir gut tut.

Ich überlas auf dem Monitor, was ich bisher geschrieben hatte. In der Tat: nicht schlecht. Also weiter.

Die Frettchen waren ungewöhnlich groß, fast armlang, und hatten dichtes, schmutzig-gelbes Fell. Sie rissen die Mäuler so weit auf, dass man die spitzscharfen Zähne bis hin zum Schlund sehen konnte. Und daraus drang ein Fauchen. Es war ein Fauchen, so scharf und wild, dass …

… es mich schon wieder in die Höhe riss.

Da fauchten Frettchen, ganz eindeutig. Und das Fauchen war hier im Zimmer. Aber dann … ich bildete es mir gar nicht ein! Ich hörte es wirklich. Und ich konnte es sogar orten. Es war unter mir – da fauchte jemand unter dem Arbeitstisch.

Ich lief zur gegenüberliegenden Seite des Tisches, wo die Hamster-Strickleiter hing, und kletterte lautlos nach unten. Hier war es dunkler als oben auf dem Tisch, aber im Widerschein des Lichtes, das der Monitor abstrahlte, konnte ich leidlich sehen.

Ich entdeckte die zwei sofort.

Sie hockten genau an der Stelle, wo ich eben das Fauchen geortet hatte. Und sie kehrten mir den Rücken zu. Hamsterleise schlich ich näher. Und da, gerade als ich hinter ihnen war, hörten sie auf zu fauchen. Super, Jungs. Exakt so brauche ich euch.

Ich holte tief Luft, tat einen Satz an den beiden vorbei, richtete mich im Umdrehen auf, machte die Backen dick und ließ ein Fauchen heraus. Es war ein Hamster-Fauchen, das es mit dem von Frettchen in puncto Schärfe und Wildheit ohne weiteres aufnehmen kann. Und Enrico & Caruso fielen um.

Pardauz, da fielen sie flach auf den Rücken und streckten alle viere von sich. Das tun sie jedes Mal. Das meerschweinische Alarmsystem ist, und zwar immer wieder aufs Neue, völlig ratlos, wie es auf einen Hamster in Kampfpose reagieren soll. Ganz einfach, weil die Natur so eine Begegnung nicht vorgesehen hat. Also kriegen Enrico & Caruso einen Mordsschreck, der sie umschmeißt. Da lagen sie.

Enrico ist klein und spillerig und hat langhaariges, rotweißes Fell. Caruso dagegen ist groß und fett und hat kurzes, schwarzweiß geflecktes Fell. Ächzend rappelten die beiden sich hoch.

„Ihr wisst, wofür das war?", fragte ich.

Die beiden nickten, und Enrico erkundigte sich, zerknirscht und reumütig, wie mir schien: „Haben wir dich denn sehr erschreckt?"

„Ja", sagte ich – dämlicherweise.

Da schrie Enrico auch schon begeistert: „Es hat funktioniert, Caruso!" Und Caruso brüllte: „Jetzt haben wir's ihm heimgezahlt!"

Worauf die beiden kreischend deklamierten:

„Es kann der Frömmste nicht in Frieden bleiben,
wenn es dem bösen Hamster nicht gefällt.
Es musst das sanfte Duo viel erleiden,
bis fauchend endlich es den Bösen stellt.“

Ich schnappte nach Luft. Böser Hamster! Sanftes Duo! Diese beiden Meerschweine stellten die Tatsachen glatt auf den Kopf. Wer piesackte denn hier wen? Und zwar ständig? Ich bebte vor Wut. Na, wartet! Einmal Umschmeißen hat euch wohl nicht gereicht. Ich richtete mich auf.

„Freddy, mein Guter“, hörte ich da. „Muss ich dich daran erinnern, dass wir alle hier eine Familie sind? Und dass Regel Nummer eins in der Familie lautet: kein unfaires Spiel?“ Sir William stand direkt hinter mir.

Er ist der größte und schwärzeste Kater, den man sich vorstellen kann. Und er verfügt über höchst beeindruckende Dolchzähne. Außerdem hält er es für unfair, wenn ich Enrico & Caruso mittels meiner Hamster-Kampfpose umlege.

Das alles zusammengenommen hieß: Freddy lass es bleiben. Ich hockte mich nieder.

„Jungs“, wandte sich Sir William an Enrico & Caruso, „mein Kompliment. Ihr habt überaus naturgetreu gefaucht.“ Irgendwann hat Seine Lordschaft die beiden zu seinen Hofnarren ernannt und seither nimmt er

alles, was sie zum Besten geben, selbst den kleinsten Pups, beifällig zur Kenntnis. Die zwei verbeugten sich wie Schauspieler auf der Bühne.
„Indes“, fuhr Sir William fort, „kann ich nicht umhin, euch zu tadeln. Ihr hättet mit eurem lauten Fauchen Master John wecken können. Schämt euch!“ Er sah sie nun streng an. Woraufhin die beiden die Köpfe hängen ließen und zwei Meerschweine gaben, die sich schämten. „Der Tadel gilt natürlich auch für dich, Freddy.“
Auch ich senkte vorsichtshalber den Kopf, obwohl ich der Ansicht war, dass Sir William es mit seiner Sorge um den Schlaf des Meisters ein wenig übertrieb.
An sich aber hatte er Recht. Master John schlief im Nachbarzimmer, dessen Tür nur angelehnt war, und unser Fauchen hätte er durchaus hören können. Nicht jedoch, was wir sagten. Denn das taten wir auf Interanimal, in jener telepathischen Sprache, die alle Säugetiere beherrschen – ausgenommen die Menschen.
„Bitte haltet euch in Zukunft an die Regel“, sagte Sir William, „dass uns Master Johns Schlaf heilig sei.“ Zu sagen, dass er seine Fürsorge ein wenig übertreibe, war stark untertrieben. „Und nun wünsche ich den Tagaktiven unter uns eine gute Nacht und dem Nachtaktiven ein gutes Gelingen. Aber, bester Freddy …“ Er hielt inne. Im Nachbarzimmer hatte sich etwas gerührt.
Und schon ging dort das Licht an, die Tür öffnete sich und Master John erschien.

Master John hat eine gewaltige Nase, buschige Augenbrauen und ist von beträchtlicher Länge. Er ist eine imposante Erscheinung. Was im Moment allerdings nicht so recht zur Geltung kam, weil er ein geblümtes Nachthemd trug.

„Hello, Kids." Er nickte uns zu. „Alles in Ordnung? Mir war, als hätte ich Geräusche gehört."

Ich sauste zur Hamsterleiter, kletterte auf den Arbeitstisch und flitzte zum Macintosh. „Alles in Ordnung, Meister", ließ ich auf dem Monitor erscheinen. Eine der Regeln hier ist: Master John darf unter keinen Umständen mit Reibereien zwischen uns Tieren behelligt werden. Diese Regel (wenn ich richtig mitgezählt habe, Nummer drei) stammt zur Abwechslung mal nicht von Sir William. Sondern von mir. So sorge ich unter anderem dafür, dass der Meister von Kaspereien der Scherzschweine verschont bleibt. Jetzt gab ich ein: „Ich habe wohl etwas zu heftig in die Tasten gehauen. Sorry."

Master John gähnte. „Okay then. Good night, Kids."

Und da, bevor er sich abwandte, fiel mir etwas ein.

„Meister", drückte ich rasch. „Könntet Ihr mir das Buch herauslegen?"

Er verstand sofort. „Die Urteile?", fragte er und ich nickte. Master John ging zum Bücherbord, nahm das Buch heraus und legte es neben die Tastatur. „Danke", gab ich ein.

„You're welcome, Kid." Er verschwand im Nachbarzimmer, gefolgt von Sir William, der dort seine Schlafdecke hat. Enrico & Caruso trollten sich in ihren Käfig an der Tür.

Ich war wieder allein. Allein mit meiner Geschichte.

Und mit dem Buch.

Es war ein uraltes Buch, eines aus dem 18. Jahrhundert. Der Einband fehlte und es war ziemlich zerfleddert. Deshalb hat es Master John für einen Spottpreis gekriegt. Und auch, weil der Händler es für sterbenslangweilig hielt. Doch Master John hatte auf der Stelle erkannt, was für eine Schatzkiste das Buch war – für einen Schriftsteller wie mich.

„Hier, Kid", hatte er gesagt. „Ich denke, da ist Stoff fur dich drin."

Ich las den Titel und war auf Anhieb gepackt:

Merkwürdige und sonderbare Blut=Urtheile aus alter Zeit*.

Da hatte vor langer Zeit jemand in alten Gerichtsakten gestöbert und Urteile gesammelt. Er hatte Papiere gelesen, die schon damals uralt waren und die aus Zeiten stammten, in denen ein grausames Recht gesprochen wurde. Ich öffnete das Buch aufs Geratewohl und las:

In einer Stadt des Reiches, woselbst das Tuchmacher=Gewerbe in hoher Blüte gestanden, hat ein Webermeister mit Namen Georg Kratzer die Siegel der Zunft nachgemacht

*Für alle, die, anders als Freddy, die alte Schrift (man nennt sie übrigens „Fraktur") nicht lesen können, werden im Anhang die so gesetzten Textteile wiederholt.

und verfällscht. Weil er diesen Betrug also gefehrlich getrieben, ist er, unangesehen er über 70 Jahr seines Alters gewesen, andern zum Abscheu Freittags 14te May 1613 mit dem Schwert gerichtet worden.

Da fälschte einer Siegel und wurde dafür geköpft. Na, wenn das kein Fall für einen Schriftsteller war. Allerdings – hatte der Webermeister die Siegel aus Geldgier gefälscht? Oder war er vielleicht dazu gezwungen gewesen, weil er sonst verhungert wäre? Ich müsste mich für eine der Möglichkeiten entscheiden. Hm. Und überhaupt: Als Hamster wollte ich lieber eine Geschichte schreiben, in der Tiere vorkamen. Gab es denn keine solchen Fälle? – Doch! Da war einer.

In einer Grafschaft, welche klein und im Westen des Landes gelegen, ist ein Wilddieb so hart gerichtet worden, daß ein härter Urtheil nicht leicht erinnerlich sein könnte. Besagter Wilddieb, genannt der Finstere Jäger, ist, weil er Stücker drey Kaninchen auf gräflichem Grund mit Hülfe zweyer Frettchen erlegt, gefänglich eingezogen worden, und hat ihn der Gräfliche Gerichtsherr den 30ten Augusto A. D. 1593 andern zum abscheulichen Exempel am Galgen vom Leben zum Tode richten lassen. Die Frettchen aber, welche absonderlich groß gewesen, sind zuvor, weil der gleichen Missetaten schuldig wie der Finstere Jäger, ohne Gnade ersäuft worden.

Das war es! Ich hatte meinen Fall. Daraus wollte ich eine Erzählung machen.

Noch in der folgenden Nacht hatte ich mich daran gemacht, meine Geschichte *Der Herr der Frettchen* zu planen.

Hätte ich allerdings nur im Geringsten geahnt, welches Unheil ich damit heraufbeschwor – ich hätte, weiß der Hamstergott, die Pfoten davon gelassen.

2. Kapitel

Und dann kam ein Brief für Master John.

Also, an sich war das nichts Ungewöhnliches; Master John kriegt oft Briefe. Nur war der Brief ungewöhnlich. Er kam am Tag vor der Nacht, in der ich mit meiner Geschichte begann. Das Erste, was mir auffiel, nachdem die Briefträgerin ihn durch den Schlitz in der Wohnungstür geschoben hatte (wir wohnen in einer Stadt, wo die Post bis hoch unters Dach gebracht wird), war der Geruch nach Veilchen. Der Brief duftete wie ein ganzer Veilchenstrauß. Er war blassblau und hatte ein ausgefallenes Format, fast quadratisch.

„Hm“, machte Master John, während er ihn betrachtete. „Merkwurdig.“ Was er merkwürdig fand, konnte ich gut sehen (denn ich saß, weil ich den Meister gern bei seiner Arbeit beobachte – auch ein Hamster lernt nie aus – trotz der späten Vormittagsstunde neben dem Macintosh): Die Adresse war mit dunkelvioletter Tinte,

in einer spitzen, schwer lesbaren Handschrift geschrieben. Master John drehte den Brief um. Es fand sich kein Absender auf der Rückseite. Aber in das steife Umschlagpapier war ein Wappen mit Krone geprägt.
Als Master John nun den Umschlag aufschlitzte, einen Briefbogen herauszog und entfaltete, da war das Papier ebenfalls von blassblauer Farbe und dunkelviolett beschrieben. „Hm“, machte Master John wieder. „Strange indeed – eine Gräfin.“ Darauf las er den Brief. Wobei er des Öfteren „Hm“ oder „Mhm“ machte, die Stirn runzelte und den Kopf schüttelte.
Was, zum Bussard, hatte ihm diese Gräfin geschrieben?
Als Master John den Brief fertig gelesen hatte, ließ er ihn sinken, sah schweigend vor sich hin und begann – wieder von vorn zu lesen. Jetzt hielt ich es nicht mehr aus. „Meister“, klickerte ich in die Tastatur und er hob den Kopf. „Ich will ja nicht indiskret sein. Aber darf man wissen, was in dem Brief steht?“
Master John nickte. „Du musst es sogar wissen. Und nicht nur du.“ Er sah auf den Briefbogen. „Aber vorher will ich das uberprufen.“ Er griff zum Telefon und wählte eine Nummer, die er vom Brief ablas. Ich hörte schwach das Rufsignal und dann, dass sich jemand meldete.
„Guten Tag, Gräfin“, sagte Master John. „Ich habe gerade Ihren Brief bekommen. – Right, ich bin es, Master John. – Ja, ich bin ebenfalls sehr erfreut, und ich …

Deshalb rufe ich an. Erlauben Sie mir die Frage, Gräfin: Ist das wirklich ernst gemeint? – Aha? Sie meinen es genau so, wie es im Brief steht? – Hm. – Mhm. – Nein, noch nicht. Aber das werde ich gleich tun. – Ja, sicher. Ich gebe Ihnen so bald wie möglich Bescheid. – Goodbye." Master John legte den Hörer auf. Nachdenklich zupft er an seiner linken Augenbraue.

Doch plötzlich rief er: „Kids! Wir mussen was besprechen!"

Dies war das Zeichen für einen, wie Sir William das nennt, Familienrat. Ich würde sagen, es ist eine Beratung unter vernünftigen Wesen, an der leider auch zwei Meerschweine teilnehmen.

Solche Beratungen halten wir auf dem Arbeitstisch ab (Master John sitzt natürlich neben dem Tisch auf seinem Drehstuhl), da das, was wir Tiere sagen, dem Meister nur durch mich über den Macintosh mitgeteilt werden kann. Sir William kam mit einem mächtigen Satz gesprungen; Enrico & Caruso, die in etwa so gut klettern können wie Lachsäcke, mussten von Master John hochgehoben werden. Vorher hatte er eine alte Decke auf dem Tisch ausgebreitet (Meerschweine findet man im Lexikon nicht gerade unter dem Stichwort „Reinlichkeit").

„Kids", begann Master John, „dies ist ein Brief an uns alle." Und er las vor: „Sehr geehrter Master John, verehrter Freddy, hoch geschätzter Sir William, liebenswertes Duo Enrico & Caruso!"

„Verehrter Freddy". Das hörte sich nicht schlecht an. Aber „hoch geschätzt" und „liebenswert" klang irgendwie besser. Ganz offensichtlich wusste die Frau meine Einzigartigkeit nicht richtig zu würdigen.

Enrico & Caruso nickten sich zu. Sie schienen „liebenswert" für ein Eigenschaftswort zu halten, das auf sie zutraf.

„Hoch geschätzter Sir William." Auch Seine Lordschaft war angetan. „Würdest du bitte, bester Freddy, Master John fragen, wer sich mit so viel Lebensart auszudrücken weiß?"

„Meister", ließ ich auf dem Monitor erscheinen. „Ach, zieht den Stachel Neugier, der da steckt so tief! – Wie heißt die Frau? Und was zum Bussard steht im Brief?" (Da Sir William nicht lesen kann, bin ich einigermaßen frei in der Formulierung seiner Fragen.)

Master John schmunzelte. „Die Frau, oder besser: die Dame heißt Agathe Gräfin von Ostereck."

Sir William nickte nur. Ein Brief, der unter anderen an ihn gerichtet war, konnte nur von einer Gräfin kommen. Mindestens.

Master John fuhr fort: „Und der Inhalt des Briefes besteht im Wesentlichen aus – ", er sah auf den Bogen, „ – well, ich lese den entscheidenden Satz mal vor."

Was Master John jetzt vorlas, war in der Tat der entscheidende Satz. Es war derjenige Satz, dem eine Kette von Ereignissen folgte, die im wahren Sinne des Wortes haarsträubend waren. Jedenfalls für uns Tiere. Und was die in den Fall verwickelten Menschen betraf – aber eins nach dem anderen.

Master John las also vor: „Und nun möchte ich Sie fragen, sehr geehrter Master John, ob Sie sich vorstellen können, zusammen mit den Tieren fur einige Zeit mein Gast auf Schloss Ostereck zu sein." Er ließ den Brief sinken und blickte in die Runde.

Eine Einladung auf das Schloss dieser Frau? Hm. Warum lud sie uns überhaupt ein? Das musste erst geklärt werden, bevor wir berieten, ob wir annehmen sollten.

Sir William hatte seinen Schwanz elegant um sich herumgelegt. „Ich würde sagen", schnurrte er, „von einer Gräfin auf ihr Schloss geladen zu werden ist eine hohe Ehre."

Klar doch. Eine Einladung musste bloß von einer „von" kommen und schon war Seine Lordschaft hin und weg. Er kam gar nicht auf die Idee zu fragen, ob und was möglicherweise dahinter steckte.

„Bevor wir annehmen", fuhr Sir William fort, „müssten wir allerdings klären, warum die Gräfin uns überhaupt einlädt."

Na schön. Jetzt hätte ich mich eigentlich etwas schämen müssen. Aber mir war gerade entfallen, wie man das macht.

„Bester, würdest du bitte Master John eine entsprechend formulierte Frage stellen?"

Ich tat es und Master John blickte wieder in den Brief. „Well“, sagte er dann. „Fur die Einladung fuhrt sie nur einen einzigen Grund an. Sie schreibt: ‚Denn ich bin eine gluhende Verehrerin der hohen dichterischen Kunst, uber die der Verfasser der Freddy-Bucher so eindrucksvoll gebietet.‘ Steht wörtlich hier.“

Ganz offensichtlich wusste die Frau meine Einzigartigkeit richtig zu würdigen.

„Well“, sagte Master John nun, „das klingt ja alles ganz nett. Aber da gibt es etwas, das ich a little bit beunruhigend finde.“

Beunruhigend? Was konnte es Beunruhigendes daran geben, wenn jemand mich verehrte? Ich gab ein: „Und was bitte, Meister, ist das?“

„Well, wenn ich alles zusammennehme, den Brief, die Schrift, die Ausdrucksweise und vor allem ihre Stimme am Telefon, also dann muss ich –“, Master John räusperte sich, „– dann muss ich sagen: Die Frau ist steinalt.“

Ich sah, dass Enrico & Caruso Blicke wechselten.

„Na und?“, drückte ich trotzig in die Tastatur. „Auch alte Menschen lieben Freddy-Bücher.“

„Sure, Kid.“ Master John nickte. „Nur frage ich mich eines. Ich frage mich, ob die alte Dame uberhaupt begriffen hat, wer die Freddy-Bucher tatsächlich schreibt.“

Und genau da, nachdem sie verdächtig lange ruhig und manierlich auf ihrer Decke gehockt hatten, legten Enrico & Caruso los.

„Um Vergebung, Durchlaucht." Caruso spielte einen würdevollen Butler. „Der angekündigte Besuch ist da."
„Ist das so, James? Nun, äh, vortrefflich." Enrico war eine uralte, verschrumpelte Gräfin. „Der Verfasser der berühmten Freddy-Bücher? Nun, äh, vortrefflich. Bitten Sie ihn herein, James."
„Mit Verlaub, Durchlaucht. Das ist schon geschehen."
„Ist das so? Nun, äh, vortrefflich." Die Gräfin blickte sich um. „Aber wo ist er? Ich sehe niemanden."
„Hier, Durchlaucht." Caruso hielt die rechte Vorderpfote ausstreckt. „Hier auf dieser Hand, Durchlaucht."
„Auf dicser, äh, Hand? Nun, äh, vortrefflich." Enrico tat, als hielte er sich eine Brille mit Stiel vor die Augen und starrte auf Carusos Pfote. Plötzlich schrie die Gräfin gellend auf. „Iiiihhhhh! Das ist ja ein Hamster! James! Wir sind gegen Hamsterhaare allergisch! Wie konnten Sie nur!"
„Durchlaucht haben ausdrücklich befohlen, den Verfasser der berühmten Freddy-Bücher …"
„Entfernen Sie dieses Tier! Auf der Stelle!"
Caruso tat, als würfe er etwas hinter sich, und sagte: „Schon geschehen, Durchlaucht."
„Ist das so? Nun, äh, vortrefflich." Die Gräfin schwieg eine Weile. Dann sagte sie: „James? Sind wir gegen die Haare anderer Tiere ebenfalls allergisch?"
„Nicht dass ich wüsste, Durchlaucht."
„Nun, äh, vortrefflich, James. Nach diesem Schreck

brauche ich etwas Aufmunterung. Wir sollten uns also wirklich vortreffliche Komiker auf das Schloss laden."
„Und welche wären das, Durchlaucht?"
„Nun, James, da kommen nur zwei infrage. Nämlich das berühmte Meerschwein-Duo Enrico & Caruso."
Worauf sich das berüchtigte Scherzschwein-Duo Enrico & Caruso kreischend vor Lachen umpfotete.
Ich möchte an dieser Stelle zu Protokoll geben, dass ich es erstaunlich finde, wie die beiden ihre Sketche aus dem Stegreif entwickeln. Noch erstaunlicher allerdings, um nicht zu sagen bewundernswert, finde ich, mit welcher Ruhe und Gelassenheit ich es immer wieder hinnehme, dass mein Hamstertum, mein Schriftstellertum, also mein Leben von diesen Meersäuen in den Dreck gezogen wird. Himmelhamsterherrgottnocheinmal! Den beiden müsste mal mit scharfen Hamsterzähnen Bescheid gestoßen werden! Okay. Cool down, Freddy.
Sir William hatte mich beobachtet. Nun nickte er zufrieden. In seinen Augen war ich fair geblieben. Dass er selber den Sketch umwerfend komisch finden würde, darauf hätte ich drei der leckersten Mehlwürmer verwettet. „Jungs", sagte er, „dieser Sketch war wieder mal umwerfend komisch." Und an mich gewendet: „Nichts für ungut, mein Bester."
Nur immer zu, Euer Lordschaft. Ein weites Hamsterherz kann das alles ab.

Gerade da sagte Master John: „Kids. Wir sollten vielleicht mit unserer Besprechung weitermachen."
„Großer Katzengott!" Sir Williams Augen waren schreckgeweitet. „Wir haben Master John warten lassen! Das ist mir aber äußerst unangenehm!"
Tja, bester Sir. So was kann passieren, wenn man ein Fan alberner Scherzschweine ist.
„Freddy, würdest du bitte unsere Entschuldigung …"
„Mach ich." Ich war schon dabei einzugeben: „Meister, wir bitten um Verzeihung für die Verzögerung."
Master John nickte. „No problem." Und benutzte nun auch die Tastatur. Er tippte: „Enrico und Caruso haben offenbar etwas aufgeführt. Kann man erfahren, was?"
„Die beiden haben einen Sketch über eine Gräfin und deren Butler gegeben." Ich zögerte. Und drückte dann: „Die Mehrheit von uns fand den Sketch komisch."
„Aha?", sagte Master John. Er sah mich scharf an. „Und die Minderheit?", tippte er.
Wieder zögerte ich. Keinesfalls wollte ich gegen die von mir aufgestellte Regel verstoßen, die da lautet: Der Meister darf nicht mit Reibereien zwischen uns Tieren behelligt werden. Für vertretbar hielt ich: „Die Minderheit der Hamster fand den Sketch eher einfältig."
Noch immer musterte mich Master John. Dann tippte er: „Okay, Kid. Vergiss, dass ich nach dem Sketch gefragt habe." Nach einer Pause gab er ein: „Was denkst du? Sollen wir die Einladung annehmen?"

Ich überlegte. Ferien auf einem Schloss? Warum nicht mal etwas anderes sehen und erleben, Herr Schriftsteller? Aber Master John hatte wahrscheinlich Recht: Die alte Gräfin wusste nicht, dass ein Goldhamster die Freddy-Bücher schrieb. Und da war ich nicht sonderlich erpicht darauf, ihr zu begegnen. Außerdem wollte ich endlich mit meiner Geschichte anfangen.

„Also, Kid", tippte Master John, „ja oder nein?"

Und da gab ich ein: „Nein, Meister."

„Hm." Master John dachte nach. Dann sagte er laut: „Hört zu, Kids. Ich wurde vorschlagen: Ob wir die Einladung annehmen oder nicht, das machen wir davon abhängig, ob Lisa Zeit hat, um uns hinzufahren. Okay?"

Sir William und Enrico & Caruso nickten.

Da ich ohnehin überstimmt war, nickte ich auch. Wobei ich hoffte, dass Lisa keine Zeit hätte.

3. Kapitel

Sie *hatte* Zeit.

Lisa Potempe ist Master Johns Freundin und besitzt ein Auto – anders als Master John, der meint, er brauche keines. Lisa war Reporterin bei einer Zeitung, ist aber zu einem Fernsehsender gewechselt. „Meinen Notebook-Computer benutze ich seither kaum noch“, sagte sie. „Den könnt ihr mitnehmen.“

So würden wir Tiere imstande sein, fern vom Macintosh mit dem Meister zu reden. Und: Ich konnte auf dem Schloss meine Geschichte weiterschreiben. Das versöhnte mich ein wenig mit Ostereck.

Zudem würde Lisa erst in vierzehn Tagen Zeit finden, uns dort hinzufahren. Möglicherweise konnte ich ja bis dahin den *Herrn der Frettchen* sogar abschließen.

Doch es war seltsam: Ich kam über den Anfang nicht hinaus. Seit der Nacht, die dem Eintreffen des Briefes folgte und in der ich beim Schreiben von Enrico & Caruso durch ein frettchenähnliches Fauchen erschreckt worden war, seit jener Nacht gelang es mir nicht mehr, an der Geschichte zu arbeiten. Warum, verstand ich selber nicht. Ich wusste genau, wie die Story weitergehen sollte, und hatte auch Lust aufs Schreiben. Aber jedes Mal, wenn ich anfangen wollte, war mir, als hielte jemand meine Pfoten fest.

„Das nennt man eine Schreibblockade", sagte Master John. „Jeder wirkliche Schriftsteller hat die mindestens zweimal im Leben." Es ehrte mich zwar, dass er mich zu dieser Sorte Schriftsteller zählte. Aber so richtig zufrieden war ich mit der Erklärung nicht. Was denn die Ursache für eine Blockade sein könne? Da musste auch Master John passen. „Aber ein Ortswechsel wirkt manchmal Wunder." Jetzt wurde ich richtig scharf auf Schloss Ostereck.

Endlich kam der Tag, an dem es losging. Wir saßen in Lisas Auto (einer von den kleinen, sparsamen Flitzern), Lisa am Steuer, mit leuchtend rotem Haar und Apfel-Pfirsich-Parfüm, Master John auf dem Beifahrersitz und ich, Sir William sowie Enrico & Caruso hinten auf der Ablage. Master Johns Reisetasche hatte in den Kofferraum gepasst, nicht aber die Käfige von Enrico & Caruso und mir, die beide ziemlich riesig sind. Sie waren oben auf dem Dach festgeschnallt, und vielleicht war das der Grund, warum viele Leute aus den Autos, die uns überholten, so fröhlich herüberwinkten. Welche Beobachtung ich mir übrigens von Sir William bestätigen ließ, weil ich Fernes nicht sonderlich scharf sehe. Die Augen von uns Goldhamstern sind leider der Schwachpunkt im System unserer sonst so superscharfen Sinnesorgane (wo bleiben die Brillen für Hamster, Herr Fielmann?).

Wir waren einige Stunden unterwegs, und so hatte ich Zeit, über einen neuen Text nachzudenken. Nicht über den *Herrn der Frettchen* (der stand erst wieder auf Schloss Ostereck an), sondern über ein Gedicht. Denn noch hatte ich nicht genügend Material für meinen geplanten Gedichtband „Die Sehnsucht des Hamsters oder: Entfernte Ernte“. Dieses Buch wird, da bin ich mir gewiss, neue Maßstäbe auf dem Gebiet der Goldhamster-Lyrik setzen.

Ich hatte mir vorgenommen, ein Gedicht für Sofie zu machen. Sofie war meine Herrin, bevor ich zu Master John umquartiert wurde (weil ihre Mami eine Hamsterhaar-Allergie kriegte). Zurzeit war Sofie mit ihren Eltern in Ferien. Ich wollte ihr das Gedicht per E-Mail von Schloss Ostereck schicken (sie selber hat noch keinen Computer, aber Gregor, ihr Vater), und wenn sie nach Hause käme, hätte sie gleich was, um sich zu freuen.

Es war harte Arbeit. Zumal es auf der Ablage zu eng war, um Lisas Notebook-Computer zu benutzen. Am Ende aber hatte ich im Kopf:

DER GEDANKE AN DICH, SOFIE …
… schafft in meine Augen Glanz,
streicht das Fell mir glatt.
Füllt die Backentaschen ganz,
macht mich rundum satt.
Bringt mein Schnauzhaar sanft zur Ruh,
fächelt Duft mir zu.
So ist, denkt er an dich,
der Hamster ganz bei sich.

Ich bezweifle, dass viele Mädchen von einem Goldhamster solche Gedichte kriegen.

Schloss Ostereck war gar kein Schloss.
Erwartet hatte ich ein prunkvolles Bauwerk mit Säulen und anderem Zierrat inmitten eines alten, gepflegten Parks. Was da jedoch vor uns lag, in einer Ackerlandschaft, umstanden von einigen Baumgruppen, war eher ein Gutshof.
Immerhin gab es eine Toreinfahrt. Und als Lisa das Auto auf den Hof lenkte, da wirkte das Hauptgebäude doch ziemlich mächtig. An den Fenstern waren hölzerne Läden angebracht, die man mit schrägen, abwechselnd roten und weißen Streifen bemalt hatte, wie man es an mittelalterlichen Burgen findet. Seitlich war sogar ein Turm angebaut, der nicht sehr hoch war, aber breit und kompakt und mit Efeu bis unters Dach be-

wachsen. Kein Zweifel: Schloss Ostereck war ein Schloss.
Es war sogar mit dem Hauptgebäude und zwei Nebengebäuden ein ziemlich gewaltiges Schloss. Vielleicht ein bisschen zu gewaltig für den Geldbeutel derer von Ostereck. Denn soweit ich erkennen konnte, waren vom Verputz große Placken abgesprungen. Und einige der Fensterläden hingen schief.
Lisa stellte den Motor ab. Es war vier Uhr nachmittags und der Hof lag leer und verlassen in der Sonne. Nichts rührte sich. Niemand zeigte sich.
„Man muss uns doch gehört haben", sagte Lisa. Dann fragte sie: „Wann wollten wir hier sein?"
„Vier Uhr", sagte Master John. „Das habe ich der Gräfin angekundigt."
„Und wann habt ihr zuletzt miteinander telefoniert?"
Lisa ist eine gute Reporterin. Sie findet immer sofort den wunden Punkt.
„Well, äh, vor genau vierzehn Tagen. Da haben wir alles klargemacht."
„Tja", meinte Lisa. „Vierzehn Tage sind eine lange Zeit. Für eine alte Dame, meine ich. Kann sein, dass sie euren Besuch vergessen hat."
„Hm", machte Master John. „Dann will ich nur hoffen, dass es ihr nicht auf Dauer entfallen ist." Er öffnet die Autotür. „Well, ich werde – ah, da kommt jemand."
Die Haustür hatte sich geöffnet. Es erschien ein Mann,

der mit der Hand die Augen beschattete und zu uns hersah. Dann kam er quer über den Hof auf uns zu. Master John stieg aus.
Der Mann trug eine alte Jacke, schmutzig-braune Hosen und Gummistiefel. Er hatte etwa das Alter von Master John, aber das kurz geschorene Haar war grau, genauso wie sein Stoppelbart. „Was gibt es?", fragte er und musterte Master John bei zusammengezogenen Augenbrauen. Er wirkte nicht direkt unfreundlich, aber misstrauisch.
„Guten Tag", sagte Master John höflich. „Wurden Sie uns bitte Gräfin von Ostereck melden?"
„Wozu?" Das klang jetzt geradezu feindselig.
Master John blieb höflich. „Well, sagen Sie der Gräfin bitte, der angekundigte Besuch sei da."
„Ich weiß von keinem Besuch."
„Könnte es sein", sagte Master John, und man merkte jetzt, wie er sich zusammennahm, „könnte es sein, dass die Gräfin jemanden einlädt, ohne Sie vorher zu fragen?"
„Unwahrscheinlich." Der Mann sah Master John schweigend an. Dann sagte er: „Ich bin nämlich der Hausherr hier, Graf von Ostereck."
„Oh."
Nach seinem „oh" fing sich Master John bewundernswert rasch. Als hätte er täglich mit stoppelbärtigen Grafen in alten Jacken, schmutzig-braunen Hosen und

Gummistiefeln zu tun, stellte er sich und Lisa vor (uns Tiere ließ er aus, was ich ihm aber angesichts der schwierigen Situation nicht verübelte) und sagte: „Bedauerlicherweise scheint die Gräfin, also scheint Ihre, äh …“

„Tante“, sagte der Graf. „Meine Tante Agathe. Ja.“

„… scheint Ihre Frau Tante uns eingeladen zu haben, ohne Sie zu informieren.“ Master John zog den Brief der Gräfin aus der Innentasche seines Jacketts. „Nur damit Sie sehen, dass ich keiner Sinnestäuschung zum Opfer gefallen bin.“

Der Graf besah sich den Brief. „Ja. Der ist eindeutig von ihr.“ Er gab Master John den Brief zurück. „Wissen Sie, Tante Agathe war in letzter Zeit etwas, nun sagen wir, eigenwillig.“

Ich gebe zu, dass ich mir bei „Tante Agathe war“ nichts dachte. Master John aber auch nicht. „Eigenwillig?“, fragte er. „Oh. Ich verstehe.“

„Bester, ich nicht“, flüsterte Sir William. Ich pochte mir mit der Pfote an die Stirn, woraufhin Sir William nickte.

Master John hatte sich gestrafft und sagte sehr höflich: „Diese Einladung beruht offenbar auf einem Missverständnis.“ Er fuhr fort: „Selbstverständlich betrachte ich sie als nicht ergangen. Wir reisen sofort ab.“

Und da wurde der Graf böse. Zornig funkelte er Master John an. „Unterstehen Sie sich! Sie sind eingeladen

und bleiben! Zusammen mit den Tieren!“ Und als Master John etwas sagen wollte: „Wenn Sie jetzt abreisen, beleidigen Sie mich! Ist das klar?!“
Master John nickte stumm.
Der Graf wandte sich zum Gehen. „Ich gebe der Haushälterin Bescheid. Die wird Ihnen behilflich sein.“ Und er stapfte davon.
Plötzlich aber blieb er stehen.
Dann wandte er sich uns zu. Aber er sah nicht zu uns her. Sondern er blickte vor sich hin. Nach einer Weile sagte er: „Ich denke, Sie erfahren es besser gleich.“ Er hob den Kopf und sagte:
„Tante Agathe ist vor vierzehn Tagen gestorben.“

4. Kapitel

Meine Pfoten hatten gezuckt.
Sie hatten ganz so gezuckt, als wollten sie Tasten niederdrücken.
Es war genau in dem Moment passiert, als der Graf sagte: „Tante Agathe ist vor vierzehn Tagen gestorben."
Ich hatte das Zucken nur diesen kurzen Moment gespürt. Aber es war deutlich gewesen.
Der Graf hatte sich wieder umgewendet und ging nun ins Haus.
Master John stand und blickte schweigend hinüber zur Tür. Auch Lisa schwieg.
Nach einiger Zeit aber sagte sie: „John. Bist du sicher, dass du unter diesen Umständen bleiben willst?"
„I don't know", sagte er. Dann aber schüttelte er den Kopf. „Offen gestanden – nein." Er blickte wieder zum Haus.
Wie, zum Bussard, kam ich jetzt an das Notebook? Ich

musste Master John unbedingt dazu bringen zu bleiben. „Sir William“, begann ich.
Da sagte Master John entschieden: „Nein. Auch wenn der Graf dann beleidigt ist. Ich denke …“ Er hielt inne. In der Haustür war ein junges Mädchen erschienen.
Es hatte rotblondes Haar und kam nun über den Hof gerannt. „Ich bin Lena“, stieß es atemlos hervor. „Hallo!“
Lena mochte etwa zwölf sein und strahlte Master John an. „Erst habe ich gedacht, mein Vater veräppelt mich. Aber das macht der nicht.“ Sie strahlte verstärkt. „Master John! Nein so was! Und Lisa Potempe!“
„Du kannst mich ruhig Lisa nennen“, sagte die. „Hallo, Lena.“
„Hello, Kid“, sagte Master John.
„Ich habe alle Bücher von Freddy“, sprudelte Lena hervor. „Wo ist er denn?“ Sie kam zur Autotür. „Hi, Freddy!“
Lena hatte nicht nur rotblondes Haar, sondern auch lustige Sommersprossen. Und außerdem roch sie in einer Art und Weise nach frischer Kamillenblüte, dass meine Hamsternase geradezu hingerissen war.
Ich richtet mich auf. Und dann, nein, zog ich nicht meine Nummer ab. Sondern ich tat es langsam und ausdrücklich, als wäre es das erste Mal: Ich reckte mich zum Männchen, so hoch ich konnte, hob die rechte Vorderpfote und dann – winkte ich.

„Er winkt!“, rief Lena entzückt. „Du kannst es ja wirklich, Freddy! Ich dachte, das wäre erfunden.“ Sie wandte sich an Master John. „Dann ist also alles wahr, was in den Freddy-Büchern steht?“
„Dafur lege ich stellvertretend fur Freddy die Pfote ins Feuer“, sagte Master John.
Lena lachte. Plötzlich aber wurde sie ernst. „Vater sagt, dass Großtante Sie eingeladen hat. Warum bloß hat sie uns nichts davon erzählt?“
„May be, sie wollte es noch tun. Aber dann ist sie vorher, nun, äh …“
„Gestorben. Ja, kann sein.“ Lena zeigte zu einem der Nebengebäude. „Da hat sie gewohnt, ganz für sich. Eigenes Telefon und so. Wir haben kaum mit ihr zu tun gehabt. Bloß Berta, unsere Haushälterin. Die ist als Einzige mit Großtante zurecht gekommen. Denn Großtante war schon manchmal ein bisschen, na ja, eigenartig.“ Lena verstummte. Dann sagte sie: „Ein paar Tage vor ihrem Tod ist sie zu mir gekommen und hat sich alle Freddy-Bücher ausgeliehen.“
„Well“, sagte Master John. „Ist es denn so eigenartig, wenn eine ältere Dame Freddy-Bucher lesen will?“
„Natürlich nicht.“ Lena schüttelte den Kopf. „Das Eigenartige daran war: Woher hat sie gewusst, dass ich die Bücher habe? Von mir nicht. Und von den anderen bestimmt auch nicht.“ Sie blickte zum Nebengebäude. „Berta hat sie gefunden. Sie sagt, Großtante hätte aus-

gesehen, als wäre ihr irgendetwas ganz Schreckliches erschienen.“ Lena schwieg.
Auch Master John und Lisa schwiegen.
Plötzlich schrie jemand: „Lena!“ Es war ein dicker Junge. Er stand in der Haustür, hatte wie Lena rotblondes Haar, war aber jünger als sie. „Lena!“, schrie der Junge. „Mach mir ein Wurstbrot! Sofort!“
„Mach dir dein Brot gefälligst selber!“, rief Lena. Und zu Master John und Lisa sagte sie: „Das ist mein Bruder Kurt. Er denkt, ich muss alles für ihn machen, seit unsere Mutter weg ist.“
Kurt kam über den Hof gelaufen. Er war wirklich ziemlich dick. „Du bist gemein“, sagte er zu Lena. Und zu Master John und Lisa: „Ich weiß schon. Sie sind die Leute aus den Freddy-Büchern. Aber damit Sie's gleich wissen: Ich lese bloß Sachbücher. Erzählungen finde ich doof. Und solche mit Tieren besonders.“
„Das tut mir Leid“, sagte Master John. „Tut mir echt Leid fur dich.“
Woraufhin Kurt nur grinste. Er kam zum Auto und steckte den Kopf durch die Tür. „Hey“, sagte er. „Das ist ja ein richtiger Stall hier.“
Lena sah durch die andere Tür ins Auto. Sie wies auf mich. „Das ist Freddy.“
Ich richtete mich höflich zum Männchen auf. Aber Kurt beachtete mich nicht. Er besah sich Sir William. Und zwar mit einem Gesichtsausdruck, als plante er,

demnächst eine leere Konservendose an dessen Schwanz zu binden. Dann zeigte er auf Enrico & Caruso und begann laut zu lachen. „Mann, o Mann. Sehen die aber komisch aus!“ Er beugte sich vor und griff nach ihnen. „Hey, ihr komischen Viecher. Kommt doch mal raus.“

„Lass sie in Ruhe!“ Lena war richtig zornig geworden. „Und das sind keine Viecher sondern Enrico & Caruso.“ Zu uns Tieren sagte sie: „Seid bloß vorsichtig, wenn ihr ins Freie geht. Hier gibt es nämlich Bussarde.“ Jetzt sah sie Kurt scharf an. „Wehe, du machst mit den Tieren einen von deinen dummen Späßen.“

Kurt grinste. „Ich weiß gar nicht, wovon du redest.“ Er zog den Kopf zurück. „Also, das ist mir hier alles echt zu blöd.“ Und er trollte sich grußlos über den Hof davon.

Lena blickte hinter ihm her und seufzte. „Er meint halt, das wäre cool, wenn er sich so benimmt.“ Sie hob den Kopf. „Oje. Da hinten zieht sich was zusammen.“ In der Ferne ballten sich dunkle Wolken. Und es war Wind aufgekommen. „Wir müssen die Sachen reinbringen. Ich frage mal Berta, in welche Zimmer ihr einziehen könnt.“ Sie rannte zur Haustür und verschwand.

Lisa sah Master John an. „Und nun?“, fragte sie.

„Hm“, machte der und zupfte an einer Augenbraue. Dann sagte er: „All in all: Ich denke, ich bleibe.“ Und Lisa nickte, als hätte sie sich das schon gedacht.

Aus dem Haus kam nun Lena wieder, gefolgt von einer

Frau in Kittelschürze. Die Frau war groß und hatte ziemlich stämmige Arme. „Tach zusammen“, sagte sie mit einer Stimme, die tief war wie die eines Mannes. „Ich bin Berta.“ Und als Master John etwas sagen wollte: „Weiß schon. Sie sind der Engländer mit den Tieren. Was ich über die zu sagen habe, kriegen Sie später zu hören. Jetzt müssen wir schauen, wo wir Sie und Ihren Zoo einquartieren.“ Sie zeigte mit dem Daumen hinter sich. „Ist nämlich gar nicht so einfach, in dem alten Kasten was Bewohnbares zu finden.“

Es fand sich im Turm. Berta wies uns zwei Zimmer zu, die übereinander lagen und mit einer Treppe verbunden waren. Master John bezog das obere, wir Tiere das untere.

Die Zimmer waren nicht nur geräumig, sondern auch hell. Irgendwann hatte man wohl die Turmfenster vergrößert.

„So“, sagte Berta zu Master John, der zusammen mit Lisa in unserem Zimmer stand (Lena hatte sich zur Klavierstunde verabschieden müssen). „Jetzt zu den Tieren. Man hat mir ja wahre Wunderdinge über die erzählt. Deshalb will ich es erst mal durchgehen lassen, dass sie hier im Zimmer frei herumlaufen. Aber ich sage Ihnen eines …“ Sie deutete auf Enrico & Caruso, die neben ihrem Käfig hockten. „… Wenn die zwei ein einziges Mal auf den Fußboden pinkeln, fliegen sie raus. Und zwar hochkant in den Stall. Klar?“

„Klar“, sagte Master John. Und zu Lisa: „She doesn’t exactly mince her words, does she?“
„Richtig“, schnaubte Berta. „Ich nehm kein Blatt vor den Mund. Aber wieso glauben Sie eigentlich, dass eine Haushälterin kein Englisch versteht, was?“
„I’m sorry.“ Master John lächelte. „Please take it as a compliment.“
„Okay“, knurrte Berta. „Obwohl ich schon charmantere Komplimente gehört habe. Jedenfalls – “, sie stemmte die Arme in die Seiten, „ – wer ferkelt, fliegt raus.“ Sie ging zur Tür. Dort hielt sie an. Dann drehte sie sich um und deutete auf mich. „Dieser Hamster kann wirklich lesen und schreiben?“
„Wirklich“, sagte Master John.
„Er schreibt tatsächlich ganze Bücher?“
„Tatsächlich.“
Berta schüttelte den Kopf. „Wenn der kleine Kerl sich mal bloß keinen geistigen Bruch hebt.“ Sie wandte sich wieder zur Tür. „Abartig ist das“, murmelte sie und stapfte hinaus.
Master John schmunzelte. „Nimm es ihr nicht krumm“, sagte er zu mir. „Goldhamster, die Bucher schreiben, sind really ein wenig gewöhnungsbedurftig.“ Darauf wandte er sich an Lisa. „Ich denke, du musst los. Ich begleite dich zum Auto.“
Lisa verabschiedete sich von uns Tieren und die beiden verließen das Zimmer.

„Siehst du, mein Bester?“, sagte Sir William. „Auch das einfache Volk ist der Meinung, dass du deinen Verstand über Gebühr strapazierst.“
Wenn ich etwas hasse, dann sind es Kater und Haushälterinnen, die sich über schreibende Goldhamster auslassen.
„Über uns denkt sie bloß, dass wir auf den Boden pinkeln“, ließ sich Enrico vernehmen. „Dabei machen wir Reime und Sketche.“
„Und zwar echt professionelle“, sagte Caruso. „Aber andauernd ist hier nur von Freddys Bücherschreiben die Rede.“
Wenn ich etwas noch mehr hasse, dann sind es Meerschweine, die darüber jammern, dass sich Kater und Haushälterinnen über schreibende Goldhamster auslassen.
„Hört mal zu, Jungs“, sagte ich. „Eure Reimereien und Sketche sind ja wohl kaum …“
„Still!“ Sir William hatte die Ohren aufgestellt. „Was ist das für ein Geräusch?“
Nun hörte ich es auch. Es war ein Rauschen, vermischt mit Flattergeräuschen. Es kam von draußen durch das offene Fenster.
Enrico richtete sich auf. „Wa – was kann das sein?“ Caruso hatte sich ebenfalls erhoben. „Da – das klingt ja wie …“ Er brach ab.
Das Flattergeräusch wurde stärker.

Enrico & Caruso knurrten jetzt vor Angst. Auch ich saß aufgerichtet mit gesträubtem Fell und starrte zum offenen Fenster hoch.
Das verdunkelte sich.
Und dann erschien – ein Bussard.

5. Kapitel

Ich erstarrte.
Ich meine, ich erstarrte buchstäblich. Meine Alarmzentrale hatte das Flugbild eines Bussards aufgefangen und mich blitzschnell in die Starre geworfen. Nur so hatte ich eine Chance, von dem Raubvogel nicht als Beute angesehen zu werden.
Ich lag da wie tot.
Doch ich konnte hören.
Und ich hörte, dass Enrico & Caruso vor Entsetzen wild quiekend auseinander stoben. Sie rannten in verschiedene Richtungen davon.
Die beiden flüchteten sich nicht in das Schutzhäuschen ihres Käfigs (was für Meerschweine die erste Wahl gewesen wäre), sie stellten sich auch nicht tot, sondern sie schossen wie von Sinnen kreuz und quer durch das Zimmer und quiekten, dass es mir durch Mark und Bein ging.

Ganz offensichtlich hatte ihre Alarmzentrale in der fremden Umgebung komplett die Übersicht verloren.
Im Fenster flatterte der Schattenriss des Bussards.
Und ich lag starr und musste erleben, wie Enrico & Caruso sich immer mehr in ihre Panik steigerten – eine Panik, die sie am Ende zu einer sicheren Beute des Raubvogels machen würde.
Doch plötzlich war da ein anderer Schattenriss im Fenster.
Dann gab es ein Geräusch, das sich wie „ratsch" anhörte.
Und darauf hörte man ein Sausen, als fiele etwas aus einiger Höhe nach unten. Und dann machte es „plumps".
Stille.
„Entwarnung, ihr Guten", hörte ich Sir William. „Es war bloß ein Drachen."
Zögernd entließ mich meine Alarmzentrale aus der Starre. „*Was* war das?", fragte ich ungläubig.
„Ein Papierdrachen", sagte Sir William. Er saß auf der Fensterbank und spreizte die Pfoten. „Einer von diesen Drachen, die mit Katerkrallen mühelos zerfetzt werden können."
Meine Alarmzentrale hatte mich jetzt völlig freigegeben. Ich sah mich nach Enrico & Caruso um.
Sie saßen ziemlich weit voneinander entfernt – beide hoch aufgerichtet.
„Soll das heißen", sagte Enrico langsam, „dass das gar kein echter Bussard war?"

Sir William nickte. „Da hat jemand einen Flugdrachen steigen lassen. Einen, der wie ein Bussard aussah."

Enrico & Caruso blickten sich über die Entfernung hinweg an. Dann fragte Caruso, auch sehr langsam: „Hast du, Sir William, zufällig ausmachen können, wer dieser jemand war?"

„Nicht zufällig", sagte Sir William. „Sondern ich habe gezielt nach unten gesehen. Es war – ", er machte eine Pause, „ – es war dieser Knabe Kurt."

Enrico & Caruso sahen sich wieder an. Dann nickten sie beide langsam.

Mit einmal schrie Enrico: „Wir hätten einen Angstschock kriegen können!" Und Caruso brüllte: „Wir hätten vor Schreck sterben können!"

„Also, nun mal halblang, Jungs." Ich wollte sie besänftigen, aber die beiden schienen mich gar nicht zu hören.

Enrico sagte, plötzlich sehr ruhig: „Das zahlen wir ihm heim." Und von Caruso kam, ebenso ruhig: „Für den denken wir uns was aus. Und zwar etwas, das er nie vergessen wird. Komm, Enrico!" Die beiden liefen zu ihrem Käfig und verschwanden im Schutzhäuschen.

„Oje." Sir William kam vom Fensterbrett herabgesprungen. „So habe ich die beiden ja noch nie erlebt. Und sie meinen es offenbar ernst mit ihrer Drohung. Was denkst du, Bester? Sollten wir da irgendwie eingreifen?"

Ich schüttelte den Kopf. „Ich kann mir nicht vorstellen, dass sie dem Knaben Kurt wirklich etwas antun wollen. Und außerdem haben die zwei das Ganze in spätestens einer Stunde vergessen."
So ganz sicher war ich mir da allerdings nicht.

Das Gewitter, das sich in der Ferne zusammengebraut hatte, war ausgeblieben, und ich wollte nun endlich an *Der Herr der Frettchen* weiterschreiben.
Zwar hatte es sich nicht wiederholt, dass meine Pfoten zuckten, so als wünschten sie sich, Tasten niederzudrücken. Aber ich war mir sicher: Jetzt würde nichts mehr mein Schreiben blockieren – wenn ich denn anfangen könnte.
Danach aber sah es im Moment nicht aus.
Zuerst mal hätte Master John das Notebook auspacken und auf dem Tisch einrichten müssen; auch eine Hamsterstrickleiter vom Fußboden hinauf fehlte noch. Offenbar aber zog sich des Meisters Abschied von Lisa hin. Als er dann endlich zurückkam, erschien gleich darauf Lena mitsamt ihrem zauberhaften Kamillenblütenduft und lud Master John zum nachmittäglichen Familientee ein.
„Euch Tiere darf ich leider nicht mitbringen", sagte sie. „Berta und Vater haben was gegen Hamster, Kater und Meerschweine als Tischgäste." Sie blickte sich suchend um. „Wo sind denn Enrico & Caruso?"

Ich deutete auf ihren Käfig und Lena sagte: „Sie schlafen? Jetzt am Tag? Na ja, die Autofahrt war wohl ziemlich stressig für sie."

Weil ohne Notebook, konnte ich bloß nicken. Doch hätte ich auch mit Notebook Lena nicht damit beunruhigt, dass die zwei ganz anderen Stress gehabt hatten und jetzt wohl kaum schliefen.

„Jedenfalls", fuhr sie fort, „seid ihr leider zu unseren Mahlzeiten nicht zugelassen. Aber natürlich könnt ihr überall im Schloss herumlaufen." Die Treppenstufen seien alle so flach, dass sie für Enrico & Caruso wohl kein Problem wären und für Sir William schon gar nicht. „Und du", sagte sie zu mir, „musst halt den Katzenbus nehmen." Worauf sie mit Master John zum Tee verschwand.

Und ich war hingerissen. Einmal wegen Lenas Kamillenblütenduft. Dann aber, weil sie „Katzenbus" gesagt hatte: Treppen und weite Wegstrecken kann ich bei meiner Körpergröße nur bewältigen, indem ich mich in Sir Williams Genick festbeiße und von ihm transportieren lasse. Das wurde mal in einem der Freddybücher „Katzenbus" genannt. Es war ein einzelnes Wort unter zehntausenden. Und Lena hatte es im Gedächtnis behalten! Kann sich ein Autor eine aufmerksamere Leserin wünschen?

Ich war mächtig gespannt, was sie zu *Der Herr der Frettchen* sagen würde. Nur: Dazu musste ich die Geschichte erst mal fertig schreiben. Aber für jetzt blieb mir bloß, mich im Käfig in meiner Höhle zusammenzurollen und eine Backentasche voll Schlaf zu nehmen.

Es wurde mehr als eine Backentasche. Beträchtlich mehr sogar. Als ich aufwachte, war es neun Minuten vor Mitternacht (wir Goldhamster können mit unserem Zeitgefühl die Uhrzeit so präzise bestimmen wie mit einem Sternwarten-Chronometer – ja, ja, liebe Biolehrer: fast so präzise). Dass ich derart lange geschlafen hatte, musste mich nicht wundern. Schließlich hatte ich den ganzen Tag über keine Gelegenheit dazu gehabt. Und der Stress des vermeintlichen Bussard-Angriffs war wohl auch nicht ganz spurlos an mir vorübergegangen.

Aber was war das? In meine Höhle flackerte bläuliches Licht. Rasch schlüpfte ich nach draußen. Und da, mitten auf dem großen Tisch am Fenster, sah ich das Notebook. Sein Bildschirm war hochgeklappt und es war eingeschaltet. Und seitlich am Tisch hing die Strickleiter.

Des Hamsters Dank ist Euch gewiss, Meister!

Es war so still im Zimmer, dass ich das fast lautlose Summen des Notebooks hörte. Sir William konnte ich nirgendwo entdecken; er schlief wohl, wie gewohnt, in Master Johns Zimmer. Und Enrico & Caruso ratzten in ihrem Häuschen (das nahm ich jedenfalls an; wo sonst sollten sie zu dieser nächtlichen Stunde sein?). Beste Bedingungen also, Herr Schriftsteller!

Eilends kletterte ich nach oben auf den Tisch, flitzte zum Notebook und holte meine Geschichte *Der Herr der Frettchen* auf den Bildschirm. Und genau da, als sie erschien, begannen meine Pfoten zu zucken. Und sofort nachdem ich das bisher Geschriebene überlesen hatte, legten sie los.

Die Frettchen waren ungewöhnlich groß, fast armlang, und hatten dichtes, schmutzig-gelbes Fell. Sie rissen die Mäuler so weit auf, dass man die spitzscharfen Zähne bis hin zum Schlund sehen konnte. Und daraus drang ein Fauchen. Es war ein Fauchen, so scharf und wild, dass …

Ich lauschte. Alles blieb still.

… dass man sich kaum vorstellen konnte, diese Frettchen würden ihrem Herrn gehorchen.

Doch der große, finster blickende Mann, der von den Dorfbewohnern der „Finstere Jäger" genannt wurde, murmelte: „Ruhig, Friss. Ruhig, Biss. Ruhig, ihr beiden."

Und da, auf der Stelle, hörten die Frettchen auf zu fauchen.

Der Finstere Jäger setzte sie vor derjenigen Kaninchenröhre ab, die er ohne Fangnetz gelassen hatte. „Ruhig", wiederholte er und sie blieben still vor der Röhre sitzen.

Der Finstere Jäger zog nun aus dem Leinenbeutel, den er umhängen hatte, zwei Schellenhalsbänder. Die waren aus Leder und jedes trug zwei, drei Glöckchen. Er legte sie den Frettchen um. Dann richtete er sich auf.

„Los, Friss! Los, Biss!"

Die Frettchen schüttelten sich und die Glöckchen klingelten scharf und grell. Es sollten die Totenglocken für mehr als ein Dutzend Kaninchen werden.

Und dann verschwanden die Frettchen in der Röhre.

Was nun unten im Bau geschah …

„Hilfe! Hilfe!"

Ich saß hoch aufgerichtet. Das konnte doch nicht …

„Hilfe! Hilfe!"

Nein, das kam nicht aus meiner Geschichte. Auch nicht hier aus dem Zimmer. Es kam von weiter her. Eine helle Stimme war das und sie klang laut und durchdringend.

„Hilfe! Hilfe!"

Plötzlich ging oben in Master Johns Zimmer das Licht an. Dann kam er im Morgenmantel die Treppe heruntergepoltert und rannte zur Tür. Ihm folgte in weiten Sätzen Sir William. „Sir William!", rief ich.

Er kam auf den Tisch gesprungen und ich saß auf. „Gut festbeißen, Bester." Und er sauste hinter Master John her.

Es ging die Turmtreppe hinunter, die in den hohen Längsflur mündete. Dort stand Berta und schaltete gerade das Licht ein.

Und da hörten die Hilferufe auf.

Der Graf erschien. „Schnell!", stieß Berta hervor. „Das kam von den Kindern."

Sie lief los, der Graf und Master John hinterher, Sir

William und ich folgten. Wir bogen in einen Quergang ein, da war die offene Tür eines Zimmers, Berta warf einen Blick hinein, lief weiter, noch eine offene Tür und wir waren im Zimmer von Kurt.
Er kauerte im Bett und starrte auf seinen rechten Arm. Der Arm war blutig.

6. Kapitel

Lena stand an Kurts Bett. Sie drehte sich zu uns um und sagte: „Er ist gebissen worden. Irgendwas hat ihn gebissen."
Und da brüllte Kurt los. „Das waren die Meerschweine!", brüllte er. „Die Meerschweine haben mich gebissen!"
„Lass mal sehen, Jungchen." Berta untersuchte den Arm. „Hm. Zwei Bisse. Zum Glück nicht sehr tief. Und zum Glück bist du gerade gegen Wundstarrkrampf geimpft worden."
Der Graf runzelte die Stirn. „Was halten Sie davon?", fragte er Master John.
Der hatte sich ebenfalls Kurts Wunden besehen. „Ich halte es fur sehr unwahrscheinlich, dass diese Bisse von Enrico & Caruso stammen."
„Sie waren es aber!", brüllte Kurt. „Sie haben gefaucht und mich gebissen!"

„Meerschweine sind friedliche Tiere“, sagte Master John. „Sie beißen nur, wenn sie in einen furchtbaren Stress geraten.“
„In einen furchtbaren Stress?“ Kurt brüllte mit einmal nicht mehr. Er warf einen schnellen Blick zu einer der Zimmerecken. Und dort lag, zerfetzt und zerbrochen, der Drachen-Bussard. Kurt blickte nun auf die Bisswunden an seinem Arm und schwieg.
„Also, wenn man mich fragt“, verkündete Berta, „dann sieht das eher nach Rattenbissen aus.“ Zum Grafen sagte sie: „Die kommen durch die Löcher in den Fußböden. Der alte Kasten muss wirklich mal renoviert werden.“
„Nichts dagegen, wenn Sie's bezahlen“, entgegnete unwirsch der Graf. Darauf verfügte er: „Schluss mit der Diskussion. Ob es Ratten, Meerschweine oder sonst was waren, das klären wir morgen.“
Sir William schnupperte. „Riechst du das, Bester?“, flüsterte er. „Das sind keine Ratten.“ Auch ich roch es. Es war unverkennbar der Geruch von Enrico & Caruso.

Als wir zurück im Turmzimmer waren, ging Master John zum Meerschweinkäfig. „Enrico!“, rief er. „Caruso!“
Nichts rührte sich. Darauf griff Master John in den Käfig und hob behutsam das Dach des Schutzhäuschens an.

Das Häuschen war leer.
„Hm“, machte Master John. Er sah mich und Sir William an. „Kids, ich hoffe auf eure Hilfe bei der Aufklärung dieses Falles. Good night.“ Und er verschwand nach oben in sein Zimmer.
„Großer Katzengott!“, sagte Sir William. „Wer hätte unserem liebenswerten Duo so etwas zugetraut? Ich gestehe, dass ich einigermaßen enttäuscht bin von den beiden, rein tierisch gesehen.“
„Ich kann es noch immer nicht recht glauben.“ Ich schüttelte den Kopf. „Aber die Indizien häufen sich. Und sie sind eindeutig.“
„Sind sie nicht“, hörte ich da Enrico. Und Caruso ließ sich vernehmen: „Wir wissen, dass alles gegen uns spricht. Aber wir haben Kurt nicht gebissen.“ Sie kamen durch den Spalt der angelehnten Tür.
„Ihr seid aber in seinem Zimmer gewesen“, sagte Sir William.
Die beiden nickten. Enrico sagte: „Es war so: Wir beratschlagten gerade vor der Tür, wie wir ins Zimmer reinkommen könnten …“
„Denn wir wollten“, schob Caruso ein, „Kurt mit unserem naturgetreuen Frettchenfauchen erschrecken. Mehr nicht.“
„… da fing er drinnen an, um Hilfe zu schreien. Dann kam Lena gerannt, wir sind hinter ihr ins Zimmer gewitscht und haben uns unterm Bett versteckt.“

„Wir wollten nur wissen, was passiert war“, sagte Caruso. „Den Rest kennt ihr.“
„Hm“, machte ich. Und Sir William wiegte das Haupt.
Da hoben die beiden feierlich die rechte Pfote. „Bei allem, was uns heilig ist: Wir haben Kurt nicht gebissen.“
Tja. Was war diesen Meerschweinen heilig? „Mal angenommen“, sagte ich, „ihr habt es wirklich nicht getan. Wer war es dann?“
„Eben“, nickte Sir William. „Genau das ist der Punkt. – Ich fürchte, ihr Guten“, sagte er zu den beiden, „ehe wir das nicht rausgekriegt haben, bleiben die Bisse an euch hängen.“

Es war wieder still im Zimmer. Enrico & Caruso hatten sich bedrückt in ihren Käfig zurückgezogen und Sir William war nach oben verschwunden. Ich saß frisch und munter auf dem Tisch. Vor mir summte leise das noch immer eingeschaltete Notebook.
Sprach etwas dagegen, an meiner Geschichte weiterzuarbeiten? Absolut nichts.
„Los, Friss! Los, Biss!“
Die Frettchen schüttelten sich und die Glöckchen klingelten scharf und grell. Es sollten die Totenglocken für mehr als ein Dutzend Kaninchen werden.
Und dann verschwanden die Frettchen in der Röhre.
Was nun unten im Bau geschah …

Ich lauschte. Nichts war zu hören.

… glaubte der Finstere Jäger sich vorstellen zu können. Er wusste, dass er seine Frettchen gut abgerichtet hatte und sich auf sie verlassen konnte. Sie würden die Kaninchen in ihren Höhlen aufstöbern, sie mit dem Geläut der Schellen und mit Fauchen hinausjagen und durch die Röhren vor sich hertreiben. Auch beißen würden sie. Aber keinesfalls durften die Frettchen das Wild töten. Denn tote Kaninchen blieben in den Röhren stecken und verstopften sie. Dann wäre die Jagd zu Ende.

Der Finstere Jäger wartete mit dem Knüppel in der Hand darauf, dass sich die ersten Kaninchen in den Netzen über den Ausgangsröhren verfangen würden.

Selbst wenn er es gewollt hätte: Es wäre ihm nicht gelungen, sich vorzustellen, welchen Schrecken und Terror die Frettchen unter den Kaninchen verbreiteten …

„Freddy?“

Ich fuhr hoch.

Mein Sternwarten-Chronometer-genaues Zeitgefühl meldete: Es war präzis sechs Minuten nach sieben Uhr morgens – in etwa die Zeit meines ersten Tiefschlafes.

„Freddy!“

Ich schlüpfte aus meiner Höhle. Sir William saß riesig und schwarz vor meinem Käfig. „Entschuldige, mein Guter, dass ich dich geweckt habe. Aber es ist dringend.“

Was konnte morgens um sechs nach sieben so dringend sein, dass man einen Goldhamster aus seinem ers-

ten Tiefschlaf reißen musste? Gähnend reckte und streckte ich mich. „Wasnlos?"
„Ich habe vorhin einen kleinen Morgenspaziergang unternommen", sagte Sir William. „Und am Feldrand hinter einer Scheune …"
„Du machst um diese Zeit Spaziergänge hinter Scheunen?"
„Nun, es gelüstete mich nach frischem Frühstück."
Ich starrte ihn an. Er war tatsächlich auf Mäusejagd gewesen! Der kultivierte Sir! Zu Hause aß er zivilisiert sein Dosenfutter vom Teller, aber kaum war er auf dem Lande, fiel er in knochenknackende Barbarei zurück. Na gut, unsereiner war auch nicht gerade unkultiviert und knackte trotzdem liebend gern lebende Mehlwürmer (übrigens, nur für den Fall, dass jemand an einem echten Geheimtipp interessiert ist: Es gibt überhaupt nichts Köstlicheres als das blassgelbe Innere eines Mehlwurms). Jedenfalls war dem Sir sein frisches Mäuse-Frühstück gegönnt. Im Moment allerdings fand ich es beruhigend, dass sich zwischen uns stabile Gitterstäbe befanden.
„Und hinter dieser Scheune", fuhr Sir William fort, „wurde ich angesprochen."
„Du wurdest angesprochen? Von wem?"
„Von einer Abordnung."
„Von einer Abordnung? Wie, äh, darf ich das verstehen?"

„Eine Delegation hat mich um Hilfe gebeten."
Ich schüttelte den Kopf, um ganz wach zu werden. „Sir William", sagte ich. „Könnte es ein, dass du mir eben erzählt hast, du seiest hinter einer Scheune von einer Abordnung angesprochen worden, die dich um Hilfe gebeten hat?"

Zwanzig Minuten später waren wir hinter der Scheune. „Die Sache betrifft uns alle", hatte Sir William gesagt. Also waren auch Enrico & Caruso, die wie ich (nicht schon, sondern noch) geschlafen hatten, von Sir William geweckt worden. „Euch geht es besonders an." Mehr war ihm nicht zu entlocken gewesen. „Wait and see", hatte er geheimnisvoll getan. Und nun warteten wir.
Zu sehen aber war nichts.
Zumindest nichts, was einer Abordnung glich. Es gab die Scheune und einen Rübenacker, dazwischen einen Streifen, auf dem Brombeergestrüpp wuchs. Und unter dem Gestrüpp, gedeckt gegen Sicht aus der Luft, sah man im lehmigen Boden Löcher. Sie waren von einer Größe, die es etwa Caruso erlaubt hätte, bequem hineinzuschlüpfen. Es ist mir ein wenig peinlich, mitteilen zu müssen, dass mir angesichts dieser Löcher absolut nichts einfiel. Aber ich war wohl noch immer nicht ganz wach. Wenigstens jedoch munter genug, um sie im Auge zu behalten.

Und da, in einem seitlich gelegenen, erschien jetzt eine Schnauze. Die war bräunlich, mit zitternden Tasthaaren, und als sie sich schnuppernd weiter nach draußen schob, als dann der ganze Kopf erschien, mit den langen Ohren, da war es, was denn sonst: ein Kaninchen. Es richtete sich auf und lauschte mit senkrecht gestellten Ohren in die Runde. Darauf wandte es sich der Röhre zu. „Ihr … ihr …", stotterte es und hielt inne. Plötzlich sprang es mit einem gewaltigen Satz seitwärts. „Ihr könnt rauskommen!", rief es nun flüssig.
Es dauerte eine Weile, bis das nächste Kaninchen kam. Das tat es betont langsam, und als es draußen war, blickte es mit nach oben gereckter Nase blasiert um sich. Die Mundwinkel hatte es nach unten gezogen, als wollte es sagen: „Mein Gott, was soll die ganze Aufregung?"
Gleich darauf erschien das dritte Kaninchen. Es stotterte nicht und reckte nicht die Nase in die Luft. Dieses Kaninchen war, anders als die beiden anderen, eine Kaninchenfrau.
„Darf ich vorstellen?" Sir William beschrieb mit der Pfote einen Halbkreis. „Hilde, Nase und Hibbel."
„*Baron von Nase*, wenn es beliebt!" Das blasierte Kaninchen reckte die Nase und näselte: „Man sehe doch tunlichst auf die Etikette."
Sir William zog die Augen schmal, erwiderte aber nichts. Er zeigte auf uns. „Dies sind meine Freunde, von denen ich euch erzählt habe: Freddy sowie Enrico & Caruso."

„Seid gegrüßt, ihr guten Leute.“ Nase bekam es fertig, den Eindruck zu erwecken, als blickte er uns gelangweilt bei halb geschlossenen Augenlidern an.
„Zwei … zwei …“ Hibbel stockte. Dann machte er einen Satz schräg nach vorn und rief flüssig: „Zwei Meerschweine und ein Hamster! Wie aufregend! Willkommen!“
„Guten Tag, ihr alle.“ Hilde lächelte uns an.
„Ich würde vorschlagen“, sagte Sir William, „dass ihr meinen Freunden die Sache einfach noch mal erzählt.“
„Gut denn, es sei.“ Nase räusperte sich gewichtig. „In der vergangenen Nacht ereignete sich ein Angriff auf unsere Kolonie.“
„Zwei … zwei …“ Hibbel tat einen Sprung nach rückwärts. „Zwei Raubtiere sind in den Bau eingedrungen! Mitten in der Nacht! Sie haben gefaucht und wollten beißen!“
„Es waren Frettchen“, sagte Hilde. „Ihr könnt euch sicher vorstellen, was da los war. Vier von uns haben einen Angstschock gekriegt.“
„Das ist sehr bedauerlich“, sagte Sir William. Und darauf zu Enrico & Caruso: „Aber ihr versteht, was das für euch heißt? Der Knabe Kurt ist von Frettchen gebissen worden.“
Die beiden nickten freudestrahlend und Enrico sagte: „Damit sind wir aus dem Schneider.“
Dieser Ansicht war ich überhaupt nicht. Es gab nämlich

ein bedeutsames Indiz, das Sir William erstaunlicherweise nicht zu bemerken schien. Doch sagte ich dazu jetzt nichts. Stattdessen fragte ich die Kaninchen: „Hattet ihr denn einen Alarmposten aufgestellt?“

„Guter Hamster, selbstverständlich.“ Nase musterte mich von oben herab (was angesichts der rein körperlichen Größenverhältnisse zwischen Karnickel und Goldhamster wahrhaftig keine Kunst war). „Aber offenkundig hatte der pflichtvergessene Posten geschlafen.“

„Ha … ha …“ Hibbel sprang. Und zwar dieses Mal wie eine Rakete senkrecht in die Höhe. „Hatte ich nicht!“, rief er. „Pflichtgetreu wie Hibbel! Das ist ja schon fast sprichwörtlich!“

„Ich glaube ihm“, sagte Hilde. „Und die meisten von uns tun das. Aber damit stellt sich eine Frage. Es fragt sich nämlich, wie die Frettchen unbemerkt eindringen konnten.“ Sie machte eine Pause.

Dann sagte sie: „Denn durch welche Röhre auch immer sie kamen – Hibbel hätte die Frettchen riechen müssen.“

7. Kapitel

Genau das war es.
Frettchen strömen einen derart beißenden Geruch aus, dass er sogar den Menschen nicht verborgen bleibt. Und die hochempfindliche Nase eines wachen Kaninchens kann gar nicht anders, als ihn aufzunehmen. Ich verkneife mir an dieser Stelle jede Ausführung über höchstempfindliche Hamsternasen und sage bloß: In Kurts Zimmer hatte ich nicht den geringsten Anflug eines Frettchen-Geruchs aufgefangen.
Ich blickte auf Enrico & Caruso. Aber die beiden zeigten harmlose Meerschweinmienen, als beträfe sie nicht, was Hilde da eben gesagt hatte. Und Sir William? Auch er schien nicht begriffen zu haben. Es würde also wieder mal an mir sein, dem guten Sir auf die Sprünge zu helfen.
„Es war alles sehr geheimnisvoll“, sagte Hilde. Mit einmal schauderte es sie. Und da wurde mir klar: Sie hatte Angst.
Natürlich hatte sie Angst. Hilde, Nase und Hibbel, alle

hatten sie entsetzliche Angst. Die versuchten sie zu verbergen. Nicht vor uns. Sondern vor sich selber. Denn wenn sie sich ihre Angst eingestanden, kam die Panik über sie. Und dann waren sie verloren.

Aber Hilde hatte sich schon wieder in der Gewalt. „So geheimnisvoll nämlich“, fuhr sie fort, „wie die Frettchen aufgetaucht sind, so geheimnisvoll sind sie wieder verschwunden. Plötzlich waren sie weg.“

„Hm“, machte Sir William. „Das ist in der Tat seltsam.“ Darauf sagte er: „Wie auch immer – wir sollten jetzt überlegen, was wir tun können, um euch zu helfen.“

„Wieso überlegen?“, kam da von Enrico. „Das ist doch sonnenklar.“

„Aha?“

„Ja“, nickte Caruso. „Die Kaninchen müssen beschützt werden.“

„Richtig“, stimmte Sir William zu. „Das Problem ist nur: Ich kann nicht Tag und Nacht hier Wache halten.“

„Brauchst du auch nicht“, sagte Enrico.

„Das übernehmen nämlich wir zwei“, sagte Caruso.

„Moment mal.“ Ich starrte die beiden an. „Ihr übernehmt – was?“

„Wir übernehmen den Schutz der Kaninchen“, erklärte Enrico mit einer Miene, als meinte er es ernst.

„Wir ziehen zu ihnen in den Bau.“ Auch Caruso sah ernsthaft drein. „Und wenn die Frettchen wiederkommen, verjagen wir sie.“

„Und wie wollt ihr das anstellen?“, fragte ich und versuchte, eine ordentliche Portion Hohn in die Frage zu legen. „Indem ihr sie mit eurem naturgetreuen Fauchen erschreckt? Oder vielleicht gar, indem ihr sie beißt?“

„Noch in der vergangenen Nacht“, sagte Enrico, „hat uns der Herr Hamster in dieser Hinsicht einiges zugetraut.“

„Wenn es drauf ankommt“, versicherte Caruso, „werden wir zu wahren Kampfschweinen.“

Jetzt wurde ich böse. „Macht euch doch nicht lächerlich. Ihr …“

„Freddy!“ Sir William sah mich scharf an. „Ich denke, wir können den Schutz unserer neuen Freunde durchaus Enrico & Caruso anvertrauen. Einverstanden?“

Was blieb mir übrig, als zu nicken? Wieder einmal war ich überstimmt worden. Da konnte ich nur noch meine Pfoten in Unschuld waschen. Die beiden hofften doch bloß auf Publikum für ihre Sketche. Dafür nahmen diese eitlen Meerschweine sogar in Kauf, mit Frettchen kämpfen zu müssen. Aber vermutlich hatten sie auch die schon als Zuschauer eingeplant.

„Ka… Ka…“ Hibbel sprang im hohen Bogen auf Enrico & Caruso zu. „Kampfschweine seid ihr? Wie aufregend!“

„Euer Gesuch sei euch gewährt, ihr Braven“, näselte

Nase huldvoll. „Ihr dürft in unseren Diensten Ruhm und Ehre erringen."
„Danke, ihr beiden", sagte Hilde einfach. „Ich schlage vor, dass wir euch jetzt den anderen vorstellen."
Die Kaninchen-Abordnung verabschiedete sich von mir und Sir William und verschwand zusammen mit Enrico & Caruso in der Röhre.
Sir William blickte hinter ihnen her. „Armleuchter", murmelte er.
„Was?" Ich glaubte mich verhört zu haben. „Wer?"
„Dieser Nase. Er meint, man muss sich nur zum Baron ernennen und schon ist man vornehm. Verrückt."
„Na ja", sagte ich. „Hibbel ist auch nicht gerade meisenfrei."
„In der Tat." Sir William schmunzelte. „Wir hatten es also mit einer Abordnung zu tun, die zu sechsundsechzig Prozent, nun, sagen wir, ein wenig sonderbar war."
„Hört mal, ihr zwei." Es war Hilde. Sie schob sich aus der Röhre und kam zu uns herübergehoppelt. „Ich habt nicht zufällig …" Sie hielt inne und blickte zurück. Dann sagte sie mit gedämpfter Stimme: „Ihr habt nicht zufällig ein wenig Sellerie bei euch?"
„Ein wenig … was?"
„Sellerie." Hilde bekam glänzende Augen. „Sellerie", sang sie plötzlich. „Sellerie, Sellerie. Den ganzen Tag nur Sellerie. – Aber hier gibt's ja keinen", sagte sie. „Ihr habt nicht welchen dabei?"

„Äh, nein, tut uns Leid."
„Wirklich nicht?"
„Wirklich nicht, Verehrteste." Sir William schüttelte bedauernd den Kopf. „Mit einem solchen Ersuchen hatten wir wahrhaftig nicht gerechnet."
„Schade." Mit traurig hängenden Ohren wendete sich Hilde ab. „Ach, wieso krieg ich nur nie den geliebten Sellerie." Sie verschwand in der Röhre.
„Hundert Prozent", sagte Sir William. „Exakt hundert Prozent."
Auf dem Weg zurück ins Schloss – Sir William in weiten Sprüngen den Hof überquerend, ich auf seinem Genick sitzend – fragte ich ihn: „Darf ich dich mal fragen, ob du vergangene Nacht in Kurts Zimmer etwas gerochen hast? Außer Enrico & Caruso?"
„Nur die zwei", sagte er. „Nichts jedoch, falls du darauf hinauswillst, was der Geruch nach Frettchen hätte sein können."
Er schwieg ein Weilchen und sagte dann: „Ich bin jetzt ziemlich davon überzeugt, dass Enrico & Caruso den Knaben Kurt gebissen haben. Das heißt erstens, sie können zubeißen. Und zweitens haben sie etwas gutzumachen. Deshalb sollen sie ruhig die Kaninchen bewachen."
Hm. Eine kluge Entscheidung. An sich wäre jetzt mal wieder eine Runde Schämen angesagt gewesen. Stattdessen fragte ich: „Und was erzählen wir Master John?"

„Dass es die Frettchen waren, die Kurt gebissen haben, mein Bester. Was denn sonst?“
Noch eine kluge Entscheidung. Lauter weise Entschlüsse.
Hätten glatt von mir sein können.

Für den Heimweg wählte der Finstere Jäger einen versteckten Pfad durch den Wald. Dabei riskierte er allerdings, einem gräflichen Jagdaufseher oder gar dem Grafen selber in die Arme zu laufen. Zwar hatte er nichts Verbotenes getan. Aber der Graf machte die Gesetze. Und war zugleich der Richter. Da durfte man sich – der Finstere Jäger wusste es aus Erfahrung – auf eine saubere Unterscheidung von erlaubt und verboten nicht verlassen. Doch konnte er auf dem Waldweg seine Hütte am Dorfrand erreichen, ohne von den Bauern gesehen zu werden. Die sollten nicht wissen, wie viele Kaninchen er erbeutet hatte. Wenn er sie dann einzeln verkaufte, würde er behaupten, seine Jagdbeute wäre mau und mager gewesen. Das trieb den Preis hoch.
Tatsächlich hatte er bei dieser Jagd so viele Kaninchen erlegt wie lange nicht. Genau sechzehn waren ihm in die Netze gegangen und er trug sie an einem langen Stock über der rechten Schulter. Über die andere Schulter hingen die Fangnetze und an einem Tragriemen der Kasten mit den Frettchen.
Der Finstere Jäger hatte gerade die mächtige Buche passiert, die im Vorjahr vom Blitz getroffen worden war, als er anhielt.
Hatte da nicht ein Pferd geschnaubt?
Der Finstere Jäger lauschte …

Ich hielt inne und hob den Kopf. Hatte da nicht etwas geknackt?

Ich war beim Schreiben von *Der Herr der Frettchen* so oft gestört worden (eigentlich jedes Mal, wenn ich es recht bedachte), dass ich sozusagen schon fest damit rechnete. Doch rund herum blieb es still. Warum auch nicht? Es war gegen ein Uhr morgens und alles schlief. Ich selber hatte den ganzen Tag hamsterfest geratzt und war lediglich am Spätnachmittag von einem Gewitter geweckt worden. Der Regen hatte Master John veranlasst, das Fenster zu schließen, weshalb es nun etwas stickig im Zimmer war. Doch fühlte ich mich so wach und munter wie, nun ja, wie eben ein Hamster bei Nacht.

Der Finstere Jäger lauschte.

Und da, wo der Pfad eine Biegung machte, erschien ein Reiter. Es war der Graf.

Einen Moment lang fühlte der Finstere Jäger sich versucht, hinter den Buchenstamm zu springen, dachte dann aber an seine sperrige Last Kaninchen, und außerdem sah er, dass ihn der Graf schon entdeckt hatte.

Hinter dem Grafen erschien das Grafensöhnchen auf seinem kleinen Schottländer und dann, zu Fuß, einer der Jagdaufseher.

Der Finstere Jäger legte den Stock mit den Kaninchen auf den Boden und machte die tiefe Verbeugung, die der Graf von seinen Untertanen verlangte. Dicht vor ihm wurden die Pferde angehalten.

„Eine hübsche Strecke hast du da erlegt", hörte er den Grafen. Der Finstere Jäger blieb in der tiefen Verbeugung. Aber er sah den Grafen vor sich: einen schweren, dicken Mann, einen wahren Fleischberg, auf einem riesigen Ross. Der Finstere Jäger sagte: „Ich habe Glück gehabt, gnädiger Herr."

„Darf der denn das?" Das war die Quengelstimme des Grafensöhnchens. „Die Jagd im Wald und auf den Feldern gehört doch uns, Vater."

Und da richtete sich der Finstere Jäger auf. Er stand da, groß und finster, und sah das Söhnchen an. Es war ein scharfer, stechender Blick und das Söhnchen blickte zur Seite. Nun sagte der Finstere Jäger zum Grafen: „Die Jagd auf Kaninchen ist frei, gnädiger Herr. Das ist überkommenes Recht seit Menschengedenken. So frei wie das Sammeln von Pilzen und Beeren im Wald."

„Runter, Kerl! Bück dich!" Der Jagdaufseher sprang auf ihn zu. „Wirst du wohl dem gnädigen Herrn die Ehre erweisen?!"

„Lass ihn!", befahl der Graf. Zum Finsteren Jäger sagte er: „Du hast Recht. Die Jagd auf Kaninchen ist frei." Er machte eine Pause. „Aber nur, wenn sie ohne Waffen geschieht." Und er deutete auf den Kasten, den der Finstere Jäger umhängen hatte. „Da drinnen sind deine Frettchen? Mit denen du jagst?"

„So ist es, gnädiger Herr."

„Hm." Nachdenklich musterte der Graf den Kasten. Plötzlich wendete er schweigend sein Pferd und ritt los.

„Aber Vater ..."

„Komm!"

Der Graf, das Söhnchen und der Jagdaufseher verschwanden hinter der nächsten Biegung des Waldpfades.

Der Finstere Jäger …

Was war denn das? Ich richtete mich auf.

Draußen windete es, ziemlich heftig sogar. Und es regnete kräftig. Ein richtiger Platzregen schien das zu sein. Egal …

Der Finstere Jäger blickte dorthin, wo sie verschwunden waren. Ihm war nicht wohl zumute. Was führte der Graf im Schilde? Nachdenklich hob er den Stock …

Es prasselte gegen das Fenster.

Das war kein Regen. Das war Hagel. Starker Hagel, sehr starker. Das mussten die bekannten Hagelkörner so groß wie Taubeneier sein. Junge, Junge. Das war ja beängstigend. Hoffentlich hielt das Fensterglas.

Ich blickte auf den Bildschirm des Notebooks. Nein, das hatte unter diesen Umständen keinen Zweck mehr. Ich speicherte meinen Text und beendete das Programm. Dann drückte ich „Herunterfahren", woraufhin …

„Hilfe! Hilfe!"

Ich saß steil aufgerichtet.

„Hilfe! Hilfe!"

Das kam von weiter entfernt. Und es war eine helle Stimme, laut und durchdringend. Kein Zweifel:

Es war Kurt, der da schrie.

8. Kapitel

Kurt stand aufrecht im Bett.

Er stand buchstäblich, zu seinen Füßen lag das zerknautschte Kopfkissen und er presste sich zitternd in die Wandecke. Er schrie nicht mehr. Doch noch immer starrte er aus weit aufgerissenen Augen durch uns hindurch, zur Zimmermitte, als sähe er dort etwas Schreckliches.

Der Verband um seinen Arm war verrutscht, aber ich entdeckte nirgendwo frisches Blut.

„Nun, nun, Jungchen“, sagte Berta mit ihrer ruhigen, tiefen Stimme. Sie hatte das schon mehrfach gesagt. „Nun, nun, Jungchen“, wiederholte sie.

Und langsam, als wiche nur zögernd ein Bann, löste sich Kurts Blick von dem unsichtbaren Schrecken. Das Zittern wurde schwächer, er rutschte an der Wand nach unten auf das Bett und sank in sich zusammen. Lena legte den Arm um ihn, und da fing er an zu weinen.

„Nun, nun, Jungchen", brummte Berta und nahm seine Hand. Kurt weinte stärker.
Sir William flüsterte: „Riechst du irgendetwas, Bester?"
„Nein", antwortete ich. „Weder Enrico & Caruso noch Frettchen und auch sonst nichts Auffälliges."
Sir William nickte. Er hatte sich mit mir seitlich hinter den Grafen und Master John gestellt, sodass wir alles gut mitbekamen. Draußen vor dem Fenster war es wieder ruhig geworden. Der gewaltige Hagel hatte noch nicht mal eine Minute gedauert.
Kurts Weinen ging allmählich in Schluchzen über.
„Was war denn nun, mein Junge?", fragte der Graf. „Was hast du Schlimmes geträumt?"
Kurt schüttelte den Kopf. „Ich habe nicht geträumt." Angstvoll blickte er zur Zimmermitte. „Der Mann war echt."
„Was für ein Mann?"
„Er war riesengroß. Und er war ganz altertümlich angezogen, wie die Männer aus meinem Buch über das Mittelalter." Kurt schauderte. „Er hatte ein furchtbar graues Gesicht, fast grün."
„Und das alles konntest du im Dunkeln so genau sehen?"
„Ich hab doch gleich das Licht angemacht."
„Es war an", bestätigte Lena. „Hier die Lampe neben dem Bett war an, als ich hereingekommen bin."
„Ich dachte, ich bilde mir das nur ein und es geht weg,

wenn ich hell mache. Aber der Mann ist geblieben. Und er hat mich angesehen, so stechend … Und er hat laut geatmet …“ Kurt schauderte wieder. „Der Mann war echt!“, rief er plötzlich. „Ganz bestimmt!“

„Nun, nun, Jungchen“, brummte Berta.

„Und was ist mit dem Mann passiert?“, fragte jetzt Master John. „Ich meine: Wo ist er hin?“

„Er ist verschwunden. Ich weiß nicht wie, aber mit einmal war er weg.“ Kurt blickte zum Fenster. „Das war genau in dem Augenblick, als der Hagel anfing.“

Ich wünschte, ich könnte sagen, dass es schon da bei mir klingelte. Aber wenn ich ehrlich bin: Ich hörte nicht das winzigste Glöckchen bimmeln. Es gibt eben Zusammenhänge, die sind so unwahrscheinlich, dass auch ein gewitztes Hamsterhirn sie nicht gleich erkennen kann.

„Und dann habe ich angefangen zu schreien.“

„Tja“, meinte der Graf. „Wirklich ein schlimmer Traum.“

„Ich habe nicht geträumt“, beharrte Kurt. „Der Mann war echt.“

„Ob geträumt oder echt“, sagte Berta. „Hier in deinem Zimmer willst du wohl für diese Nacht nicht mehr bleiben, Jungchen.“

Das wollte Kurt nun wirklich nicht. Daraufhin beschlossen Berta und Lena, eine Liege für ihn in Lenas Zimmer aufzustellen.

Wir kehrten in unser Turmzimmer zurück und Master John verschwand mit einem „Also bis morgen dann, Kids“ nach oben.
Sir William wollte ihm gerade folgen, als Enrico & Caruso durch die Tür gesaust kamen.
„Ihr!?“ Sir William funkelte sie aus seinen grünen Augen an. „Warum seid ihr nicht auf eurem Posten?“
„Weil sie wieder weg sind!“, keuchte Enrico atemlos.
„Die Frettchen!“, stieß Caruso hervor. „Sie waren da!“
„Nun mal langsam.“ Sir William setzte sich. „Und bitte der Reihe nach.“
„Okay.“ Enrico atmete tief durch. „Also, es war so: Als wir in den Kaninchenbau kamen, stellten wir fest, dass die Stimmung dort nicht so gut war.“
„Sie war gewissermaßen im tiefsten Keller“, erläuterte Caruso.
„Darf ich raten?“, sagte ich. „Ihr habt einen von euren Sketchen aufgeführt und schon war der Bau ein Hort des Frohsinns. Richtig?“
„Wenn ihr schon alles wisst“, sagte Enrico beleidigt, „brauchen wir ja nicht weiterzuerzählen.“
„Freddy, bitte.“ Sir William schüttelte leicht den Kopf. „Und ihr“, sagte er zu den beiden, „fasst euch, wenn es geht, etwas kürzer.“
„Okay“, sagte Caruso, „hier ist die SMS, die Schnelle Meerschwein-Story.“ Die beiden berichteten nun, dass sie nach der Aufmunterungsaktion einen Wachdienst

organisiert hätten, der diesen Namen auch verdiente: In jeder der Röhren habe ein Alarmposten Stellung bezogen, direkt am Eingang. Sie selber hätten sich als Alarmzentrale in der Mitte des Baues postiert. „Wie sollten wir auch zu zweit alle Röhren persönlich überwachen?“, sagte Enrico.

Tja. Wenn man böswillig sein wollte (aber wer wollte das schon?), dann konnte man das auch etwas anders sehen: Statt ihre Schutzbefohlenen zu bewachen, hatten die beiden einfach den Spieß umgedreht und sich selber vor den Frettchen mit allenthalben platzierten Kaninchen geschützt.

„Trotzdem waren sie mit einmal da“, berichtete Caruso. „Sie erschienen sozusagen aus heiterem Himmel. Und zwar mitten im Bau.“

„Mitten im Bau?“, fragte Sir William. „Wie soll ich das verstehen?“

„Wie wir's sagen. Genau in der Höhle, wo wir waren.“ Enrico schüttelte sich. „Verglichen damit, ist das plötzliche Auftauchen eines Bussards so dramatisch wie die Landung einer Stubenfliege.“

„Aber warum haben die Posten keinen Alarm geschlagen?“, fragte ich. „An denen mussten sie ja notwendigerweise vorbei.“ Und ich fügte angemessen höhnisch hinzu: „Oder war es etwa so, dass die Frettchen vor euren Augen zu Fleisch und Blut wurden?“

„Genau das.“

„Wie bitte?“
„Die Frettchen“, sagte Enrico, „sind wirklich und wahrhaftig vor unseren Augen zu Fleisch und Blut geworden. Wir haben zugesehen, wie sie erschienen.“
Schweigen. Ich sah Sir William an und der mich.
„Ihr könnt uns gerne für verrückt halten“, bot Caruso an. „Das macht uns gar nichts aus.“
„Aber es wäre ein Fehler“, sagte Enrico. „Weil erstens wir beide nicht verrückt sind. Und weil zweitens wir alle dann in der Frettchensache nicht weiterkämen.“
„Nun gut.“ Sir William seufzte. „Nehmen wir das mal als wahr an. Und wie ging es weiter?“
„Schauerlich“, sagte Caruso und der Schauder beutelte ihn. „Die Frettchen waren riesig und hatten die Mäuler aufgerissen. Und sie fauchten. Also, nicht irgendwie. Sondern orkanartig.“
„Was mir besonders Angst gemacht hat“, sagte Enrico, den es ebenfalls beutelte, „das waren ihre Halsbänder.“
„Halsbänder?“, fragte ich.
„Ja. Und da waren Glöckchen dran. Die klingelten furchtbar scharf und grell.“
Genau in diesem Moment fing auch bei mir etwas an zu klingeln.
„Dann war da noch etwas.“ Caruso schauderte es noch immer. „Und zwar der Geruch.“
„Na ja“, sagte ich. „Es ist ja bekannt, dass Frettchen scharf riechen.“

„Das war es ja gerade“, sagte Enrico, auch er noch immer schaudernd. „Diese Frettchen hatten keinen Geruch. Nicht den allergeringsten.“
Liebend gern hätte ich Enrico & Caruso nun doch noch für verrückt erklärt. Aber es ging nicht mehr. Zu vieles fügte sich plötzlich zusammen. Es war wie bei einem Puzzle, von dem man überhaupt nicht wusste, was daraus werden würde. Bei dem aber die ersten Stücke wie von selbst zusammenpassten.
„Die Frettchen trieben uns in eine Ecke“, berichtete Caruso. „Und es war klar, dass dies unser Ende war.“
„Ich meine: wirklich das Ende.“ Enrico legte eine Pfote über die Augen. „Ich weiß noch, wie ich dachte: Enrico, du hast ein erfülltes Meerschweinleben gehabt. Du hast alles ausgekostet, was …“
„Aber sicher, mein Guter“, unterbrach ihn Sir William. „Das war unbedingt eine höchst ungemütliche Situation. Nur würde mich jetzt brennend interessieren, wie ihr sie gemeistert habt.“
„Gar nicht.“
„Bitte?“
„Wir haben die Situation nicht gemeistert“, sagte Enrico. „Das hat sie sozusagen selber getan.“
„Plötzlich nämlich verschwanden die Frettchen“, berichtete Caruso. „Sie lösten sich vor unseren Augen buchstäblich in Luft auf.“
Es war sonnenklar, welche Frage ich nun stellen musste.

Aber ich zögerte. Was, wenn sich mein Verdacht bestätigte? Wie sollte es dann weitergehen? Ich wusste es nicht. Aber eines wusste ich genau: Es würde Schwierigkeiten geben. Eine Menge Schwierigkeiten. So viele, dass sie nicht in die Backentasche des Großen Hamstergottes passten.

Ich holte tief Luft und fragte: „Wann sind die Frettchen verschwunden? Ich meine, gab es da was, das euch im Gedächtnis geblieben ist?"

Enrico & Caruso nickten, als hätten sie auf diese Frage gewartet. Enrico sagte: „Die Frettchen sind verschwunden, als draußen etwas passierte."

Und Caruso sagte: „Es war genau da, als vor dem Bau der große Hagelschlag niederging."

Okay, Freddy. Jetzt noch mal in aller Ruhe von vorn.

Der Morgen graute und ich saß noch immer im Käfig neben meiner Höhle. Sir William sowie Enrico & Caruso hatten sich schon vor geraumer Zeit auf die Schlafdecke beziehungsweise in ihr Häuschen verzogen – aus purer Ratlosigkeit. Was sollte man auch von Frettchen halten, die aussahen, als wären sie aus Fleisch und Blut, die aber wie Geister erschienen und wieder verschwanden? Ich hatte weder Sir William noch Enrico & Caruso von meinem Verdacht erzählt.

Denn darüber musste ich mir erst einmal selber klar werden. Nur: Je länger ich grübelte, desto unwahrscheinlicher kam mir die Geschichte vor. Also noch mal von vorn:

Erstens: Ich schrieb an *Der Herr der Frettchen.* Ich hörte auf zu schreiben, als der Hagel anfing.

Zweitens: Während ich schrieb, erschien bei Kurt ein Mann, der wie der Finstere Jäger aussah. Er verschwand, als der Hagel anfing.

Drittens: Gleichzeitig, während ich schrieb, erschienen im Kaninchenbau zwei Frettchen, die Friss und Biss aufs Haar glichen. Sie verschwanden, als der Hagel anfing.

Wenn ich mich mal dumm stellte und die Gesetze der Logik anwandte (indem ich so tat, als seien derart unwahrscheinliche Zusammenhänge möglich), dann gab es nur den einen Schluss:

Jedes Mal, wenn ich schrieb, konnten der Finstere Jäger und seine Frettchen erscheinen. Wenn ich aufhörte zu schreiben, verschwanden sie wieder.

Wie war das gewesen, als Kurt gebissen worden war? Auch da hatte ich geschrieben. Und als ich weiterschrieb, waren die Frettchen zum ersten Mal im Kaninchenbau aufgetaucht.

Und vorher? Was war passiert, als ich zu Hause an *Der Herr der Frettchen* gearbeitet hatte? War etwa auch der Tod von Großtante Agathe …?

Hier stellte ich das Grübeln ein. Ich schlüpfte in meine Höhle. Aber als ich mich zum Schlaf zusammenrollte,

dachte ich noch: „Ich muss Gewissheit kriegen." Mehr dachte ich nicht.
Etwas in mir weigerte sich weiterzudenken.
War ja auch keine Kleinigkeit, sich einzugestehen, dass wir in einer bösen Klemme steckten.
Denn wenn einer wirklich entschlossen ist, Leute umzubringen, pflegt er in der Regel ziemlich erfolgreich zu sein.
Besonders wenn er ein blutrünstiges Gespenst ist.

9. Kapitel

Ich erwachte am späten Nachmittag.
Enrico & Caruso waren auf ihren Posten bei den Kaninchen zurückgekehrt, was Sir William anerkennenswert mutig fand. „Denn dort kann ich sie nicht vor diesen schrecklichen Bestien beschützen. Hier dagegen schon."
Dazu sagte ich nichts, um den Sir nicht unnötig zu beunruhigen. Aber wenn die Frettchen des Schreckens nur annähernd so groß waren, wie ich sie mir dachte, dann dürfte selbst Sir William gegen sie keine Chance haben.
Das war auch Enrico & Caruso klar. Also erwarteten die beiden Leichtfüße ihr Schicksal lieber dort, wo sie ihre Kaspereien veranstalten und sich von den Kaninchen Applaus holen konnten.
„Sir William", sagte ich. „Ich habe eine Bitte an dich."
„Nur frei heraus, mein Bester."

„Könntest du wohl Lena herbeiholen? Und mich dann mit ihr allein lassen?“
„Na, na, mein Guter.“ Sir William kniff ein Auge zusammen. „Wir wollen doch nicht etwa der kleinen Sofie untreu werden, wie?“
Ach, wie überaus neckisch von Seiner Lordschaft. Zum Bussard mit ihm! Dass Lena hamsterhimmlisch nach Kamillenblüten roch und dass sie alle Freddybücher aufmerksamst gelesen hatte, ging Seine Lordschaft ja wohl eine feuchte Einstreu an! Und außerdem handelte es sich um etwas ganz anderes. Beherrscht sagte ich: „Wärest du also so gut?“
„Natürlich, Bester.“ Sir William machte sich auf den Weg. Nicht ohne mir noch einmal zugeblinzelt zu haben. Worüber ich bloß die Achseln zucken konnte. Himmelhamsterherrgottnochmal! Okay. Cool down, Freddy.
Es war für Sir William natürlich ein Leichtes, Lena mit Miauen und Zupfen zu zeigen, was er von ihr wollte (die Katze muss erst noch geboren werden, die einen Menschen nicht nach ihrer Pfeife tanzen lassen kann), und als Lena dann mit „Hi, Freddy!“ im Turmzimmer erschien, mit ihrem Duft nach … Aber ich glaube, ich wiederhole mich. Jedenfalls: Ich hatte mich neben dem eingeschalteten Notebook aufgebaut, und nachdem Sir William das Zimmer verlassen hatte, gab ich ein: „Hi, Lena. Ich würde gerne mit dir über was reden.

Und zwar über eine ziemlich wilde Vermutung von mir. Mit der ich mich nur ungern vor den anderen blamieren will. Kann die Sache unter uns bleiben?"
„Klar doch", nickte Lena und nahm auf dem Stuhl vor dem Tisch Platz.
„Es geht um den Mann, den Kurt gesehen hat."
„Du denkst, dass er ihn wirklich gesehen hat? Nicht geträumt?"
„Genau das denke ich. Der Mann war, na ja, eine Art Erscheinung. Und ich vermute, dass er nicht nur Kurt erschienen ist. Wie real der Mann ist, weiß ich nicht. Und ich frage mich, ob er wirklich etwas tun kann. Also richtig handfest, meine ich. Etwas Böses zum Beispiel." Ich hielt inne. Und gab dann ein: „Wie es aussieht, bin ich derjenige, der den Mann heraufbeschwört."
„Du?"
„Ja." Ich erzählte Lena nun zuerst von meiner Geschichte *Der Herr der Frettchen.* Dann, was im Kaninchenbau passiert war. Und setzte ihr darauf auseinander, was ich mir überlegt hatte: Dass der Finstere Jäger und die Frettchen erscheinen konnten, wenn ich an der Geschichte arbeitete. Und dass sie offenbar verschwanden, wenn ich aufhörte.
Lena hatte mit vor den Mund gepresster Hand zugehört.
Jetzt fragte sie: „Und das glaubst du wirklich?"
„Noch nicht ganz", gab ich ein. „Es gibt eine Chance,

dass ich mich irre." Ich zögerte. Dann tippte ich: „In welcher Nacht genau ist deine Großtante gestorben?"
Lena musste nicht lange überlegen. „Vor vierzehn Tagen. In der Nacht von Donnerstag auf Freitag."
Das war exakt die Nacht gewesen, in der mich Enrico & Caruso mit Frettchen-Fauchen erschreckt hatten – die Nacht, in der ich angefangen hatte, die Geschichte zu schreiben. Damit hatte sich die Chance, dass ich mich irrte, glatt um die Hälfte verringert.
„Und wann hat sie sich von dir die Freddy-Bücher geliehen?"
„Drei Tage vorher. An einem Dienstagmorgen. Das weiß ich genau, weil ich danach mit Berta in die Stadt gefahren bin."
Das war's. Irrtums-Chance gleich null: In der Nacht von Montag auf Dienstag hatte ich die Geschichte geplant.
Ich atmete tief durch. „Lena", gab ich ein, „in dieser Nacht muss der Finstere Jäger deiner Großtante erschienen sein und ihr befohlen haben, Master John und uns Tiere hierher einzuladen. Deshalb hat sie sich die Freddy-Bücher geliehen. Und dann den Brief abgeschickt."
„Meinst du?" Lena sah mich aus weit aufgerissenen Augen an. „Und in der anderen Nacht?"
„Da hat er …" Ich brach die Eingabe ab. Dann setzte ich erneut an. „Da hat er sie umgebracht."
Schweigen.

Lena starrte auf den Bildschirm des Notebooks mit dem „Da hat er sie umgebracht“, und ich vermochte nicht zu erkennen, was in ihr vorging.
Plötzlich sagte sie: „Der Mann *kann* Böses tun. Er hat Großtante erschreckt. Zu Tode erschreckt.“ Sie nickte. „Er wollte nicht, dass sie uns etwas erzählt.“ Darauf schwieg sie wieder. Sie hatte jetzt den Kopf in die Hände gestützt und blickte mit gerunzelter Stirn auf den Notebook-Bildschirm. Ich weiß nicht warum (vielleicht lag es an der gerunzelten Stirn), jedenfalls sah Lena mit einem Mal ein ganzes Stück älter aus. Aber ich war im Zweifel, ob sie den springenden Punkt erkannt hatte.
Nach einer Weile hob sie den Kopf. „Und?“, fragte sie. „Hast du in diesen beiden Nächten an deiner Geschichte gearbeitet?“
Das war er, der springende Punkt. Ich nickte.
„Freddy“, sagte sie nun, „da gibt es nur eines.“ Sie blickte mich ernst an. Und dann sagte sie: „Du musst aufhören zu schreiben.“
Ich starrte sie an.
„Du darfst mit *Der Herr der Frettchen* nicht weitermachen.“
Aber natürlich! Ich schlug mir sozusagen innerlich mit der Pfote vor die Stirn. Das war es! Warum, zum Bussard, war ich darauf nicht selber gekommen?
Andererseits – sollte ich tatsächlich meine schöne Ge-

schichte drangeben? Was für ein wunderbarer Stoff! Menschen, Tiere, knisternde Spannung! Und ich hatte, das sollte man vielleicht nicht ganz außer Acht lassen, schon eine Menge Arbeit reingesteckt.

„Freddy", sagte Lena sanft. „Woran denkst du?"

„Mit Wehmut an meine Geschichte", gab ich ein und zu. „Aber ich werde selbstverständlich mit ihr aufhören."

Lena nickte zufrieden.

Doch konnte ich es mir nicht verkneifen, auf dem Bildschirm noch ein fettes **Seufz!** erscheinen zu lassen.

Das wahre Seufzen begann später.

Es ging auf Mitternacht zu und ich saß hamsterputzmunter vor dem Notebook. Das Schreibprogramm hatte ich schon gestartet und wie immer drückte ich nun die Taste H und darauf die Taste F (Master John hatte mir einige Mini-Programme eingerichtet, mit denen ich durch einfache Tastenfolgen komplizierte Sachen bewirken konnte). Jetzt brauchte ich bloß noch die Leertaste zu drücken und schon … hätte ich um ein Haar den *Herrn der Frettchen* auf den Schirm geholt.

Wäre das klug gewesen? Nein, Freddy. Das wäre nicht klug gewesen. Das wäre sogar sehr töricht gewesen. Wie leicht, Freddy, hättest du in Versuchung geraten können, an der Geschichte weiterzuarbeiten.

Okay. *Der Herr der Frettchen* war gestorben. Samt Friss

und Biss, dem Grafen, dem Söhnchen, dem Jagdaufseher und all den anderen Leuten, die noch hätten auftreten sollen. Alle tot.

Wirklich tot? Nein, Freddy. Das sind sie erst, wenn du die Geschichte im Computer gelöscht hast. Mach reinen Tisch, Freddy!

Also gut. Ich hatte die Geschichte unter dem Namen *Der Herr der Frettchen* gespeichert und klickte mich nun zu ihr durch (Master John hatte eine Maus an das Notebook angeschlossen; übrigens ist es für einen zwar cleveren, aber doch eher mäßig großen Goldhamster nicht gerade ein Kinderspiel, die zu bedienen). Dann atmete ich tief ein und – löschte die Geschichte.

Ich löschte wirklich und wahrhaftig meine Geschichte *Der Herr der Frettchen.* Weg war sie. Aus. Gestorben.

Und da wurde mir so weh ums Herz, war mir so jammervoll zumute, dass mir richtig schlecht wurde. Ich meine, körperlich schlecht. So als hätte ich einen verdorbenen Mehlwurm gegessen. Das Schlimmste daran: Das Elend hielt sich.

Das geht schon weg. Du musst es nur eine Weile aushalten, Freddy. Außerdem solltest du auch gleich die Kopie löschen. Und zwar ohne dass du sie dir vorher besiehst. Nein, Freddy! Tu es nicht! O nein.

Ich hatte die Kopie auf den Bildschirm geholt. Denn natürlich musste ich sie mir vorher ansehen, um nicht aus Versehen etwas Falsches zu löschen. Die Kopie

hatte ich sicherheitshalber unter dem Namen *FGK (Freddys Geheime Kopie)* gespeichert. Ja, das schien sie zu sein, meine Geschichte. Hm. Stimmte sie auch wirklich mit dem Original überein? Ich las den letzten Absatz:
Der Finstere Jäger blickte dorthin, wo sie verschwunden waren. Ihm war nicht wohl zumute. Was führte der Graf im Schilde? Nachdenklich hob er den Stock …
Meine Pfoten zuckten. Das durfte man so doch nicht stehen lassen! Ein Satz muss ein Ende haben und einen Punkt.
Nachdenklich hob er den Stock mit den Kaninchen vom Boden hoch, schulterte ihn und machte sich auf den Heimweg.
Freddy! Lass die Pfoten von der Geschichte! Du weißt, was geschehen wird!
Natürlich wusste ich das. Schließlich hatte ich die Story sorgfältig geplant. Ein guter Erzähler kennt seine Geschichte, *bevor* er sie niederschreibt. Nicht in den Einzelheiten natürlich. Die ergeben sich erst beim eigentlichen Schreiben.
Wenn du jetzt weiterschreibst, Freddy, bringst du alle in Gefahr!
Richtig, am Ende alle drei: Den Finsteren Jäger und die Frettchen. So hatte ich es vorgesehen. Und jetzt, nach der Begegnung im Wald, sollte ich den Finsteren Jäger und den Grafen noch einmal aufeinander treffen lassen. Da musste es für den Jäger richtig gefährlich werden.

Freddy! Du beschwörst die Frettchen des Schreckens herauf! Und den Finsteren Jäger!
Hoffentlich. Denn eine Geschichte taugt nichts, wenn sie die handelnden Personen nicht so heraufbeschwört, als wären sie lebendig. Aber wo konnte sich die Begegnung abspielen? Der Graf und der Finstere Jäger sollten vor allen Leuten aufeinander stoßen. Gab es einen Ort, wo Hoch und Niedrig, Adlige und Bauern zusammenkamen?
Und da – ich weiß wahrhaftig nicht, woher ich es nahm – hatte ich plötzlich ein Bild vor Augen …
Zur Kirche ging der Finstere Jäger nicht deshalb, weil er fromm war. Sondern weil der Graf das von seinen Untertanen verlangte. Es war nicht ratsam, sich zu drücken, denn der gnädige Herr erschien häufig zum Gottesdienst. Dann saß er, schwer und mächtig, entweder allein oder mit seiner Familie, auf der Empore und musterte mit scharfem Auge die Gemeinde.
Der Finstere Jäger sah zur Empore hoch. An diesem Sonntag hatte der Graf lediglich sein Töchterchen mitgebracht. Das gnädige Fräulein war höchstens zehn und wie eine Prinzessin in Samt und Seide gekleidet. Hochnäsig blickte es auf die Gemeinde herab. Der Finstere Jäger merkte plötzlich, dass der Graf ihn beobachtete, und senkte den Kopf. Besser, man gab sich untertänig.
Der Pfarrer fing mit seiner Predigt an. Wie gewöhnlich war ihm wohl auch das heutige Thema „Du sollst die Obrigkeit

fürchten und lieben" vom Grafen befohlen worden. Denn auch er war ein Untertan des gnädigen Herrn. Und hatte der sich ein neues Gesetz ausgedacht, dann musste der Pfarrer es am Ende der Predigt verlesen …

Halt! Hatte da nicht jemand geseufzt?

Stille.

Da! Wieder das Seufzen … Sir William! Das war Sir William im oberen Zimmer auf seiner Schlafdecke. Vermutlich träumte er.

Sonst aber war alles ruhig.

Ich blickte auf den Bildschirm. Da hatte ich doch tatsächlich fast zwanzig neue Zeilen geschrieben.

Und nichts war passiert im Schloss.

Ich lauschte. Kein irgendwie beunruhigendes Geräusch war zu hören.

Sollten Lena und ich uns geirrt haben? Hatten wir einen Zusammenhang gesehen, den es gar nicht gab?

Ich blickte wieder auf den Bildschirm. Zumindest die Schilderung der Szene in der Kirche hatte den Finsteren Jäger offenbar nicht herbeigerufen. Ob ich es wagen konnte weiterzuschreiben?

Plötzlich sah ich den Jäger vor mir, wie er da saß, mit gesenktem Kopf auf der Kirchenbank, den Grafen und sein Töchterchen auf der Empore, den Pfarrer auf der Kanzel …

Die Predigt zog sich. Schließlich aber schloss der Pfarrer mit: „So bleibet fromm und haltet euch recht, denn solchen wird es zuletzt wohl ergehen." Er machte eine Pause. Dann sagte er: „Vernehmet nun, was unser Hochwohllöblicher, Fürsichtiger, Allergnädigster Herr erlassen hat." Der Pfarrer nahm einen Zettel auf und las vor: „Gegeben den 21ten Augusto Anno Domini 1593. Indem das Jagen von Kaninchen zwar von Alters her erlaubt ist, aber durchaus nicht mit Waffen, als da sind Lanzen, Pfeil und Bogen, Feuerrohre oder dergleichen, so wird hiermit als Recht gesetzt, dass das Jagen von Kaninchen mit Frettchen dem Jagen mit Waffen gleichgestellt sei. Und also hinfort ein solcher Frevler an Leib oder Leben gestraft werden soll."

10. Kapitel

In der Kirche herrschte Totenstille.

Alle hatten auf der Stelle begriffen, was das neue Gesetz bedeutete: Wer ab jetzt Kaninchen mit Frettchen jagte, konnte am Galgen enden!

Die Jagd ohne Waffen war seit jeher frei. Das sollte sie auch weiter sein – angeblich. Aber wie anders konnte man Kaninchen ohne Waffen jagen als mit Frettchen? Und die wurden nun plötzlich zu Waffen erklärt.

Das hatte der Graf noch nie getan. Noch nie hatte er ein überkommenes Recht abgeschafft, das seit Menschengedenken galt. Die Bauern jagten keine Kaninchen. Aber sie kauften welche vom Jäger. So hatten sie wenigstens am Sonntag etwas Fleisch auf dem Tisch. Und es ging ja nicht nur um Kaninchen. Konnte man sicher sein, dass der Graf nicht demnächst das Sammeln von Pilzen und Beeren verbot? Das war auch ein überkommenes Recht. Und überkommene Rechte durfte selbst ein Graf nicht antasten. Kaum einer in der Kirche, der nicht versteckt die Fäuste ballte.

Alle blickten zum Finsteren Jäger. Wenn einer den Mut aufbrachte, gegen die Willkür des Grafen aufzubegehren, dann der Jäger.

Doch der saß bewegungslos und blickte starr geradeaus. Durch sein Inneres tobte ein Sturm der Wut und Empörung, aber äußerlich blieb er vollkommen reglos. Der Graf wartete ja nur darauf, dass er zur Empore hochblickte. Denn dann sähe jeder, dass der Finstere Jäger das neue Gesetz nicht mit der geziemenden Demut hinnahm. Sondern sich empörte. So wie es im Stillen alle taten. Und dann hätte der Graf einen, an dem er zeigen konnte, wie es demjenigen erginge, der sich empörte. Deshalb saß der Finstere Jäger und regte sich nicht.

Ich hielt inne und lauschte. Noch immer war nichts zu hören. Kein Fauchen, kein Schreien. Nichts rührte sich.

Das Schloss lag in tiefer Ruhe.

Mit einmal ertönte in die Stille hinein: „Vater, ist er das dort? Ist das der böse Mann?“

Da hob der Finstere Jäger den Kopf. Langsam wendete er den Blick nach oben zur Empore. Er fixierte das Grafentöchterchen. Unverwandt sah er es mit seinem finsteren und stechenden Blick an.

„Vater! Der böse Mann macht mir Angst!“

„Ehrfurcht, Bursche!“ Mit geschwungener Hundepeitsche kam einer der Diener des Grafen gelaufen.

„Lass ihn!“, rief der Graf. Und sagte dann herunter zum Finsteren Jäger: „Willst du etwas sagen? Ich erlaube dir zu reden.“

Der Finstere Jäger zögerte. Wenn er jetzt sprach, war er verloren – möglicherweise. Aber wenn er schwieg und dann bei der Jagd auf Kaninchen erwischt wurde, war er bestimmt verloren. Jemand musste dem Grafen sagen, wo dessen Grenzen waren. Der Finstere Jäger erhob sich. „Mit Verlaub, gnädiger Herr. Meine Frettchen sind keine Waffen. Genauso wenig wie die gräflichen Jagdhunde.“
„Ei, ei. An dir ist ja ein schlauer Scholar verloren gegangen.“
„Die Jagd ohne Waffen auf Kaninchen ist frei, gnädiger Herr. Das ist ein überkommenes Recht.“ Er hielt inne. Dann sagte er: „Überkommene Rechte kann man nicht abschaffen.“
„Du meinst, das verlesene Gesetz verstoße gegen das Recht?“
In der Kirche herrschte atemlose Stille.
„Gnädiger Herr – das meine ich.“

Die Morgensonne schien durch das Fenster, und ich hatte auf meinem Lieblingssportgerät, dem Hamster-Karussell (das ist eine waagrecht montierte, drehbare Holzscheibe), eine beträchtliche Strecke gejoggt („Wer rennend seine Nacht beschließt, dem wird der Schlaf des Tags versüßt“, war ein Merkspruch von Urgroßmutter). Eigentlich wäre es nun an der Zeit gewesen, mich in meine Höhle zurückzuziehen. Doch ich zögerte.
An sich war ja jetzt alles okay – das hätte ich gerne geglaubt. Hatte sich aber meine Vermutung, dass jedes Mal, wenn ich an meiner Geschichte arbeitete, der Finstere Jäger und die Frettchen des Schreckens erschie-

nen, wirklich als falsch erwiesen? Allerdings war es, während ich geschrieben hatte, ruhig geblieben. Kein Hilferuf, nichts. Zumindest nicht hier im Schloss. Und im Kaninchenbau? Enrico & Caruso hatten sich die ganze Nacht über nicht blicken lassen. Das hielt ich für ein gutes Zeichen.

Es konnte aber auch ein schlechtes sein.

Ein sehr schlechtes sogar.

Ich krabbelte aus dem Käfig. Unruhig begann ich, hin und her zu laufen. Dann rannte ich etwas auf und ab. Was mich aber auch nicht sonderlich beruhigte. Und da, gerade als ich überlegte, ob ich nach Sir William rufen und mich mit ihm beraten sollte, kamen sie durch die Tür.

„Und?", fragte ich. „War etwas?"

„Nichts", sagte Enrico. „Wenn du die Frettchen meinst."

Ich atmete tief ein.

„Solltest du allerdings die Kaninchen meinen …", sagte Caruso …

Ich hielt die Luft an.

„… dann lass dir berichten: Es war eine rauschende Sketch-Nacht."

Ich atmete aus.

„Kaninchen", schwärmte Enrico, „sind ein wundervolles Publikum."

„Alle Gags haben wir todsicher landen können", rief

Caruso begeistert. „Und zum Schluss gab's jede Menge Beifall und Jubel."

„Aha?", machte ich. „Hilde, Hibbel, Nase – alle in Ekstase?"

„Caruso", sagte Enrico, „der Herr Neidhamster gönnt uns mal wieder nicht den Erfolg."

„Enrico", sagte Caruso, „ich meine, das ist ein Fall für den Seelendoktor."

Und schon hatte sich Enrico flach auf den Rücken gelegt. „Herr Doktor!", greinte er und machte sich dicke Hamsterbacken. „Helfen Sie mir! Mich zerfrisst der gelbe Neid!"

„Mhm." Caruso hatte als Seelendoktor hinter Enrico Platz genommen. Er tat, als schriebe er etwas in einen Notizblock. „Sie haben das Gefühl, dass der gelbe Neid Sie zerfrisst."

„Na ja, er ist nicht direkt gelb. Eher so, äh, blassgelb. Wie das Innere eine Mehlwurms."

„Mhm." Der Seelendoktor notierte sich etwas. „Blassgelb wie das Innere eines Mehlwurms."

„Es gibt nichts Köstlicheres als das blassgelbe Innere eines Mehlwurms."

„Mhm." Der Seelendoktor kritzelte. „Es gibt nichts Köstlicheres."

„Und immer zu wenig. Schon als Junghamster in der Tierhandlung musste ich scharf aufpassen, dass die anderen nicht mehr kriegten."

„Mhm." Der Seelendoktor schrieb. „Während Ihrer Junghamsterzeit hatten Sie das Gefühl, dass Ihre Wurfgeschwister bevorzugt wurden."
Mit einmal starrte der Hamster in die Luft. Dann sagte er langsam: „Immer muss ich Angst haben, dass mir jemand einen Mehlwurm wegnimmt ..." Plötzlich richtete er sich auf. „Endlich! Endlich weiß ich, was mit mir los ist!" Enrico sprang auf die Pfoten. „Hurra! Ich bin geheilt! Wie soll ich Ihnen nur danken, Herr Doktor?"
„Kein Problem. Eins, zwei ..." Caruso zählte auf dem Notizblock ab. „Ich bekomme von Ihnen genau vier Mehlwürmer."
Und die beiden umpfoteten sich wieder mal schreiend vor Lachen.
Ich sah ihnen zu und hatte genau vier Fragen. Erstens: Warum musste es Meerschweine auf der Erde geben? Zweitens: Wieso waren die beiden sich eigentlich so sicher, dass ich sie nicht beißen würde (und zwar mit messerscharfen Hamsterzähnen tief ins Meerschweinfleisch)? Drittens: Was war in mich sentimentalen Hamster gefahren, dass ich mir tatsächlich noch vor einer Minute Sorgen um die zwei gemacht hatte? Viertens: Sollte ich nun zubeißen oder nicht?
„Dies, meine Guten", hörte ich da Sir William sagen, „war einer der geistvollsten Sketche, die ich je von euch gesehen habe."
Womit Frage vier beantwortet war. Sich aber jetzt Frage

fünf erhob: Warum musste es Kater auf der Erde geben?
Sir William kam die Treppe herab und sagte zu mir: „Ich weiß, die Sketche gehen manchmal auf deine Kosten.“ Manchmal? Immer! „Aber sie sind sozusagen das Salz in der Suppe unseres Lebens. Also nichts für ungut, mein Bester.“
Aber nein doch, Euer Lordschaft. Bekanntlich ist es ja geradezu der Daseinszweck von unsereinem, das Salz für die Lebenssuppen von Katern und Meerschweinen zu sein.

Enrico & Caruso waren wieder abgezogen, weil sie zusammen mit ihren Fans frühstücken wollten („Runkelrüben, sehr lecker. Aber unsere Freunde hätten gern auch mal was anderes. Ihr habt nicht zufällig etwas Sellerie, den wir mitbringen könnten? Nein? Schade.“).
Dann war Sir William verschwunden, weil er sich, wie er mir gegenüber taktvollerweise andeutete, draußen ein wenig umtun wolle (was hieß, dass er scharf auf eine Maus war). Und kurz darauf hatte sich Master John zum Frühstück mit der Grafenfamilie begeben.
Gerade hatte ich – durch die allenthalben bevorstehenden Frühstücke hungrig geworden – begonnen, in meinem Käfig einen Imbiss zu mir zu nehmen, als jemand ins Zimmer kam.
Ein Mädchen kam durch die Tür.

Es war Lena.
Natürlich, welches Mädchen denn sonst? Doch im ersten Augenblick hätte ich keine Wette darauf abgeschlossen, dass dort Lena stand. Klar, ihr Haar war rotblond. Und sie hatte Sommersprossen. Aber die sahen jetzt überhaupt nicht lustig aus. Denn Lenas Gesicht war bleich und starr. Und sie blickte aus seltsam geweiteten Augen zu mir her.
„Freddy", sagte sie, und ihre Stimme klang nicht wie sonst frisch und munter, sondern klein und gequetscht, als müsste sie sich zum Sprechen zwingen. „Ich muss dich etwas fragen."
Ich kletterte aus dem Käfig und dann die Hamsterleiter hoch auf den Tisch. Und erst da kam mir zu Bewusstsein, was mich am meisten beunruhigte: Lena roch anders. Noch immer umgab sie ihr Kamillenblüten-Duft. Aber der hatte jetzt eine Beimengung. Und das war – ich kann es nicht anders beschreiben – der Geruch nach Angst.
Ich rannte zum Notebook und drückte die Einschalttaste. Dann gab ich betont munter ein: „Allzeit zu Diensten, gnädiges Fräulein."
Lena lächelte nicht. Nicht das kleinste bisschen. „Ich muss dich etwas fragen", wiederholte sie mit ihrer seltsam gequetschten Stimme. Sie hielt inne, als fiele es ihr schwer fortzufahren. Dann aber fragte sie: „Hast du an *Der Herr der Frettchen* weitergeschrieben?"

Ich starrte sie an. War der Finstere Jäger heute Nacht doch jemandem erschienen? Aber wem?
„Ich muss es wissen", stieß Lena jetzt heftig hervor. „Antworte!"
Sollte ich zugeben, dass ich mich nicht an unsere Abmachung gehalten hatte? Aber was hieß Abmachung? Ich hatte nichts versprochen. Außerdem konnte ich gute Gründe für mein Weiterschreiben anführen.
„Ja", ließ ich auf dem Bildschirm erscheinen. „Ich habe heute Nacht an der Geschichte gearbeitet."
Da nickte Lena. Als hätte sie das schon gewusst.
„Ich habe noch mal über die Sache nachgedacht", gab ich ein. „Dass ich den Finsteren Jäger sozusagen herbeizitiere, das ist doch *total unwahrscheinlich.* Ich wäre mir *echt bescheuert* vorgekommen, wenn ich meine Geschichte drangegeben hätte."
Lena starrte auf den Bildschirm.
„Und ich hatte ja auch Recht", gab ich ein. „Oder ist der Finstere Jäger in der vergangenen Nacht etwa jemandem erschienen?"
Lena starrte weiter auf den Bildschirm. Doch dann begann sie, den Kopf zu schütteln. Langsam erst, darauf immer heftiger. Mit einmal drehte sie sich um und ging zur Tür. Sie verließ das Zimmer, ohne sich noch einmal umzuwenden.
Ihr Gang war schleppend.
So als trüge sie eine schwere Last.

11. Kapitel

Das Grafentöchterchen hüpfte leichtfüßig mit seinem Ball über die Wiese. Die lag in dem Hain, der sich rund um die Burg erstreckte, und eigentlich hätte das Fräulein außerhalb der Burg einen Bewaffneten zum Schutz bei sich haben sollen. So jedenfalls hatte es die alte Barbara, die Wirtschafterin, angeordnet. Aber das Grafentöchterchen war heimlich entwischt, und warum auch nicht? Niemand würde es wagen, dem Fräulein etwas anzutun.

Es hüpfte mit seinem Ball, der eine mit Schafwolle ausgestopfte Lederkugel war, am Waldessaum über die Wiese, warf den Ball übermütig in die Höhe und der landete in einem Gebüsch.

Die Grafentochter schob die Zweige auseinander und da – stand der Finstere Jäger. Groß und finster stand er vor ihr und sah sie durchdringend an mit seinem stechenden Blick.

Die Grafentochter war vor Schreck wie zu Stein erstarrt. Nicht den kleinsten Finger konnte sie rühren.

„Grafentochter", donnerte der Finstere Jäger, „du bist verloren!"
Sie spürte, wie sich ihr vor Entsetzen die Haare aufstellten.
„Du bist verloren", donnerte der Finstere Jäger, „wenn du nicht Stillschweigen bewahrst!"
Trotz ihres Entsetzens dachte die Grafentochter: Stillschweigen? Worüber?
„Darüber", donnerte der Finstere Jäger, „dass du mich gesehen hast! Wenn du irgendjemandem verrätst, ob Mensch oder Tier, dass ich bei dir war, so werde ich deinen Vater töten." Und der Finstere Jäger fügte hinzu: „Deinen Bruder natürlich auch."
Die Grafentochter stammelte, dass sie nie jemandem …
„Freddy!"
… von dieser Begegnung erzählen würde.
Da befahl ihr der Finstere Jäger, sie müsse Sorge tragen …
„Freddy!"
… dass seine, des Finsteren Jägers Geschichte niemals …
„Freddy!"
Ich fuhr hoch. Wo war ich? Wer rief da nach mir?
Ich war in meinem Nest. Und nach mir gerufen hatten Enrico & Caruso. Waren etwa …? Aber ich hatte geschlafen. Und geträumt. Von der Grafentochter. Und dem Finsteren Jäger. Puh!
„Freddy!" Das hatte jetzt Sir William gerufen.
Rasch schlüpfte ich aus meiner Höhle. Er und Enrico & Caruso saßen an der Käfigtür. „Na endlich", sagte Enrico. Und Caruso drängte: „Schnell, wir müssen los."
„Was ist denn passiert?"

„Etwas Epochemachendes, mein Bester." Sir William schmunzelte. „Wir alle vier sind eingeladen. Zum gräflichen Fünf-Uhr-Tee."

Die Einladung hatte sich Kurt ausgedacht.
„Denn ich habe was gutzumachen", war seine Begründung gewesen, als wir uns alle versammelt hatten. „Erstens, weil ich Enrico & Caruso verdächtigt habe, dass sie mich gebissen hätten. Und dann wegen, na ja, ihr wisst schon weswegen."
Bereute er wirklich, dass er uns mit dem Bussard-Drachen erschreckt hatte? Ich beäugte ihn misstrauisch. Aber er schien es ehrlich zu meinen. Irgendwie wirkte er verändert.
Die Teestunde wurde übrigens in Kurts Zimmer abgehalten und nicht wie sonst im Kaminzimmer. Eben weil die Idee von Kurt gekommen sei, wie der Graf versicherte. Aber ein bisschen wohl auch, weil man uns Tiere denn doch nicht im Kaminzimmer haben wollte. Die Blicke, mit denen Berta speziell Enrico & Caruso überwachte, sagten genug.
Wir Tiere saßen, mit Futter versorgt, auf dem Tisch (natürlich hatte Berta eine Decke untergelegt) und die Menschen alle rund um den Tisch.
Alle, außer Lena. Die war in ihrem Zimmer geblieben. „Es geht ihr nicht gut", erklärte der Graf und rieb sich besorgt den grauen Stoppelbart. „Hoffentlich ist es

nichts Ernstes. Ich habe ihr auf alle Fälle mal Baldrian gegeben."
„Hoffentlich *ist* es nichts Ernstes", brummte Berta. „Denn dann hilft Baldrian garantiert nicht." Sie erläuterte: „Lena hat nicht direkt Fieber. Aber erhöhte Temperatur."
Lena war krank! Deshalb also war sie mir so seltsam erschienen.
„Wir Tiere drücken ihr alle Krallen, dass sie bald wieder gesund wird", gab ich höflich ein (selbstverständlich hatte Kurt seinen Computer auf dem Tisch aufgebaut).
„Danke", sagte der Graf. „Ich richte es ihr aus."
„Also, Freddy", sagte nun Kurt. „Ich hab mal in deinen Büchern herumgelesen. Echt stark."
Hey! Da hatte ich doch glatt einen für das Lesen von Erzählungen gewonnen. Genauer: von spannenden Erzählungen.
„Und besonders cool finde ich die Gedichte von Enrico & Caruso."
Hm. Vielleicht sollte sich der Knabe doch lieber auf das Lesen von Sachbüchern beschränken.
Er wandte sich an die zwei. „Könnt ihr mal was dichten? Jetzt gleich? So was wie ‚Das Leben ist ein Pfeifkonzert'?"
„Klar doch", sagte Enrico. „Können wir."
Ich betrachtete interessiert die Teetasse des Grafen.
„Freddy", sagte da Sir William sanft.
„Klar doch", haute ich in die Tasten. „Können wir."

„Toll“, freute sich Kurt. „Ich bin echt gespannt.“
Der Knabe hatte sich tatsächlich verändert. Aber, weiß der Bussard, ich wünschte, er hätte es gelassen. Jetzt musste ich den Schreibknecht für das Duo machen und ihren neuesten Lied-Erguss in die Tastatur drücken. Sie diktierten:

„Das Leben ist ’ne Achterbahn,
’s geht immer rauf und runter.
Mal bist du krank, schluckst Baldrian,
dann wieder bist du munter.
Mach mit beim Rummel und tu so
wie Enrico und Caruso.

Das Leben ist kein Hamsterrad,
dreht sich nicht bloß im Kreise.
Ein Hamster, der im Rad sich plagt,
der hat doch echt ’ne Meise.
Mach mit beim Rummel und tu so
wie Enrico und Caruso.

Das Leben ist ’ne Geisterbahn,
gar oft ein rechter Grusel.
Ist neben dir dann ein Kumpan,
so hast du echten Dusel.
Mach mit beim Rummel und tu so
wie Enrico und Caruso.“

Kurt, der Graf, Master John und sogar Berta klatschten begeistert Beifall. Enrico & Caruso verbeugten sich nach allen Seiten und Sir William lächelte so stolz, als wäre er der Papa von den beiden.
Es mag den einen oder anderen Fan dieser Meerschweine vielleicht enttäuschen, aber meine Begeisterung war nicht gerade überschäumend. Tatsächlich saß ich steil aufgerichtet mit gesträubtem Fell. Sie hatten es wieder getan! Strophe zwei war ein neuer, massiver Angriff auf mein Hamstertum! Was ging in den beiden Meersaurüpeln eigentlich vor, wenn sie …
„Hey, reg dich ab, Freddy“, sagte da Kurt. „Du bist doch noch nie im Rädchen gerannt. Du joggst immer auf deinem Karussell. Stimmt's?“
Stimmte. Ich ließ mich nieder. Also, von mir aus ging die Veränderung des Knaben Kurt in Ordnung.

Lena bekam ich an diesem Tag nicht mehr zu Gesicht. Sie hatte doch noch richtiges Fieber bekommen, wie Master John abends erzählte. Und zwar so hohes, dass Berta bei ihr im Zimmer übernachten wollte und die Liege, auf der Kurt die vorvergangene Nacht zugebracht hatte, dort wieder aufschlug. Daraufhin hatte Kurt seinem Vater so lange zugesetzt, bis der ihm erlaubte, bei ihm im Zimmer zu schlafen. Berta hatte auch dort eine Liege aufgestellt und gebrummelt: „Bin gespannt, wer morgen bei wem schläft.“

In unserem Turmzimmer hatten Enrico & Caruso („Wir müssen das wissen. Schließlich sind wir zum ersten Mal live vor Menschen aufgetreten!“) sich wiederholt versichern lassen, dass ihr neues Lied supercool war, was Sir William, Vaterstolz in den Augen, bereitwillig besorgt hatte. Endlich aber waren die beiden zu den Kaninchen verschwunden. Um sie zu beschützen, wie sie sagten. In Wahrheit aber natürlich, um sie mit dem neuen Lied zu beglücken. Und was würden die Kaninchen danach über Hamster denken? Der Tierartenverständigung war so ein Lied nicht gerade förderlich.

Jedenfalls: An diesem Abend dauerte es, bis ich anfangen konnte.

Endlich aber war es so weit. Rundherum hatte sich alles beruhigt und ich saß am Notebook. Zuerst drückte ich die Einschalttaste. Sodann startete ich das Schreibprogramm. Wie gewöhnlich dauerte es eine Zeit, bis sich das auf dem Bildschirm zurechtgeruckelt hatte. Okay, weiter. Meine Geschichte hatte ich in der vergangenen Nacht wieder unter dem Namen *Der Herr der Frettchen* gespeichert. Ich drückte zuerst H, dann F und darauf die Leertaste. Jetzt würde die Geschichte ziemlich fix erscheinen.

Das tat sie nicht.

Stattdessen erschien ein Fenster. Und darin stand: Datei nicht gefunden.

Hm. Vermutlich hatte ich meine Geschichte aus Verse-

hen woanders gespeichert. Das konnte passieren. Aber wo war sie? Ich startete „Datei suchen".
Es erschien: Datei nicht gefunden.
Ich starrte auf den Bildschirm. Meine Geschichte war nicht mehr da! Sie musste gelöscht worden sein.
Hatte ich das selber aus Versehen getan? Sehr unwahrscheinlich. Oder etwa Master John? Schon eher möglich. Er hatte heute Nachmittag einige Notizen eingegeben. Wie auch immer: Meine Geschichte war verschwunden. Einfach weg.
Aber es gab ja noch *FGK – Freddys Geheime Kopie.* Die hatte ich in der vergangenen Nacht auch wieder angelegt. Jetzt konnte ich nur beten, dass die nicht ebenfalls weg war.
Ich klickte mich dorthin durch, wo die Datei *FGK* sein musste, und – da war sie.
Ich holte den *Herrn der Frettchen* auf den Bildschirm.

Der Kaninchenbau war wohl weiter verzweigt, als der Finstere Jäger gedacht hatte. Er musste gleich mehrere Ausgangsröhren übersehen haben. Und durch die hatten fast alle Kaninchen flüchten können. Lediglich drei waren ihm in die Netze gegangen und noch dazu drei jämmerlich kleine. Es war sinnlos, diesen Bau jetzt noch einmal zu bejagen. Der Finstere Jäger überlegte, ob er sich auf die Suche nach einem anderen machen sollte. Aber es herrschte wieder drückende Schwüle und wie schon während der vergangenen Nachmittage zog ein Gewitter auf.

Der Finstere Jäger hing sich den Kasten mit den Frettchen sowie die Netze über und schulterte den Stock mit den Kaninchen.
Welchen Heimweg sollte er wählen?
Heute konnte er getrost den Weg durch die Felder nehmen. Dann würden die Bauern mal sehen, dass seine Beute wirklich mau und mager war. Außerdem lief er dort dem Grafen nicht so leicht in die Arme. Die Felder durchstreifte der seltener als den Wald. Vor allem sah man ihn schon von weitem und konnte sich rechtzeitig verstecken.
Verstecken?
Es gab für den Finsteren Jäger keinen Grund, sich vor dem Grafen zu verstecken. Er hatte ihm am Sonntag vor allem Volke ins Gesicht gesagt, dass das neue Gesetz Unrecht war. Und der Graf hatte sich das angehört, ohne ihn gefangen nehmen zu lassen. Der gnädige Herr war nicht dumm. Er hatte in die Gesichter der Bauern gesehen und auf der Stelle begriffen, dass er mit dem neuen Gesetz den Bogen überspannt hatte. Ihm das jetzt noch einmal deutlich zu zeigen, war sogar die Pflicht des Finsteren Jägers.
Er wählte mit seiner Beute den Weg durch den Wald.
Bis zur mächtigen Buche, die im Vorjahr vom Blitz getroffen worden war, gelangte der Finstere Jäger, ohne dass er dem Grafen begegnet wäre. Auch auf keinen der Jagdaufseher war er gestoßen. Aber der Großteil des Weges lag noch vor ihm. Angespannt ging er weiter. Zwar glaubte er zu wissen, was er tat. Doch war er sich seiner Sache nicht gänzlich sicher. Wenn der Graf ihn nun doch noch gefangen nehmen ließ?

Der Finstere Jäger erreichte seine Hütte am Dorfrand, ohne dass er einer Menschenseele begegnet wäre.
Erleichtert durchquerte er den kleinen Krautgarten hinter der Hütte, wobei er sich vage darüber wunderte, dass nicht wie sonst Stare von den Beten hochflogen, und stieß die Tür auf.
Und da warteten sie.
Die Hütte des Finsteren Jägers war voll gestopft mit gräflichen Bewaffneten.
Er hatte nicht die geringste Chance zu entkommen …
Wie sollte es weitergehen? Ich blickte nachdenkend auf den Bildschirm. Schilderte ich nun die Gefangennahme des Finsteren Jägers? Oder machte ich besser einen Sprung und erzählte gleich davon, wie der Graf …
Etwas hatte sich bewegt, seitlich …
Ich riss den Kopf herum.
Und da waren sie.
Da waren die Frettchen des Schreckens.

12. Kapitel

Die Frettchen saßen auf dem Tisch, an der Kante der Schmalseite, riesig hoch aufgerichtet, und ihr Fell schillerte grünlich im Licht des Bildschirmes. Die Mäuler hatten sie aufgerissen und die spitzscharfen Zähne stachen weißlich ab vom schwarzen Schlund.

Sie gaben nicht den kleinsten Laut von sich.

Sie fauchten nicht, und auch die Glöckchen an ihren Schellenhalsbändern waren nicht zu hören.

Noch saßen sie reglos und fixierten mich aus ihren Augenschlitzen. Aber sie waren auf dem Sprung.

Ich war in die Entsetzenshaltung hochgerissen worden, mit wild gesträubtem Fell, dicken Backen und gebleckten Zähnen. Das war zugleich meine Drohhaltung. Aber die beeindruckte die beiden riesenhaften Raubtiere natürlich nicht im Geringsten.

Sir William. Wenn überhaupt einer, konnte nur er es

mit ihnen aufnehmen. „Sir William!“, schrie ich auf Interanimal.

Oben in Master Johns Zimmer rührte sich nichts.

„Sir William! Hilfe!“

Es blieb still.

„Hilfe!!!“

Sir William schlief den tiefen Schlaf des Ahnungslosen.

Die Gesichter der Frettchen mit den Augenschlitzen und den aufgerissenen Mäulern hatten sich zu höhnischen Fratzen verzerrt.

Ich saß starr, wie gelähmt. Aber mein Gehirn arbeitete. Fieberhaft überlegte ich. Was konnte ich tun?

Doch ich wusste es bereits. Weil es das Einzige war, das mich noch retten würde.

Nur: Sobald ich mich bewegte, würden die Frettchen losspringen. Mir blieb also lediglich der Bruchteil einer Sekunde. Ein winziger Bruchteil.

Ich saß vollkommen unbeweglich. Sogar meine Schnauzhaare hatte ich unter Kontrolle. Ich war aufs Höchste konzentriert. Ganz genau machte ich mir klar, was ich in welcher Reihenfolge tun musste. Und vor allem: Ich stellte mir vor, was wo lag. Ich programmierte gewissermaßen meine Bewegungen. Jede musste auf Anhieb sitzen, keine durfte danebengehen. Denn ich hatte nur einen Versuch.

Vorsichtig – nicht bewegen! – holte ich Luft.

Und legte los.

Gedankenschnell drückte ich diejenigen Tasten, die ich drücken musste. Und presste mich flach vor der Tastatur auf den Tisch.
Und da kamen sie geflogen.
Sie waren so gewaltig losgesprungen, dass sie förmlich durch die Luft flogen.
Ich beobachtete sie bei ihrem Flug – es war, als wäre ihr Sprung wie in einer Zeitlupe verlangsamt. Aber warum passierte nichts …?
Na los! Jetzt! Jetzt! Sonst war es zu spät …
Und da geschah es. Die Frettchen verblassten.
Sie verblassten vor meinen Augen, wurden durchsichtig und waren genau in dem Augenblick verschwunden, als sie mich packen wollten.
Ich hatte es geschafft.
Es war mir gelungen, das Schreibprogramm zu schließen und so meine Geschichte zu beenden. Ich hatte es geschafft, die Frettchen des Schreckens wegzuschicken.

Eine Zeit lang blieb ich einfach flach vor der Tastatur liegen. Ich hatte das Letzte an Geistesgegenwart und Konzentration gegeben, das ein Goldhamster geben kann (unter uns und hinter vorgehaltener Pfote: Ein bisschen hat mich selber überrascht, wie viel das ist), und war im Wortsinne erschöpft.
Doch warum hatte es so lange gedauert, bis die Frett-

chen verschwunden waren? Als hätten sie nicht gewollt … Natürlich wollten sie nicht in die Welt der Untoten zurückgeschickt werden. Aber mir war es vorgekommen, als rechneten sie mit der *Möglichkeit*, nicht verschwinden zu müssen. Oder bildete ich mir das nur ein?

Ich beschloss, darüber nicht mehr nachzudenken. Jetzt musste ich erst mal wieder zu Kräften kommen.

Gerade als ich mich einigermaßen erholt hatte, klopfte es an die angelehnte Tür unseres Turmzimmers. Und zwar ziemlich laut. Dann klopfte es noch heftiger, bis endlich Master John das Licht anknipste, im Morgenmantel die Treppe herabgeeilt kam und die Tür aufzog.

„My goodness!", rief er. „Was ist denn los?"

Die gesamte Grafenbesatzung stand da. Berta, Lena, Kurt und der Graf, alle drängten sich an der Tür.

„Wir müssen sofort mit Ihnen sprechen", sagte der Graf mit einer finsteren Gereiztheit, die nichts Gutes verhieß. „Und zwar über Ihren Hamster."

„Uber Freddy? Jetzt mitten in der Nacht?", fragte Master John erstaunt. „Okay, come in", sagte er dann. „Sit down, please." Er zeigte auf die Stühle, die rings um meinen Tisch standen. Aber bloß Berta ließ sich nieder, wobei sie mich feindselig musterte. Und Lena, die an der Tür stehen geblieben war, blickte richtig böse zu mir herüber.

Ich kann nicht behaupten, dass ich mich im Augenblick ausgesprochen behaglich gefühlt hätte.
Der Graf und Kurt standen nebeneinander im Zimmer und der Graf sagte heftig zu Master John: „Ich verlange, dass Sie auf der Stelle dem Treiben Ihres Hamsters ein Ende setzen. Und ich …"
„Sorry, dass ich unterbreche", unterbrach ihn Master John. „Aber durfte ich erfahren, um welches Treiben Freddys es sich handelt?"
„Dürfen Sie." Der Graf holte tief Luft. „Ich muss vorausschicken: Noch vor einer halben Stunde hätte ich jeden für verrückt erklärt, der mir prophezeit hätte, dass ich …" Der Graf schüttelte den Kopf. Mit einmal sah man, dass sich hinter seiner finsteren Gereiztheit Angst verbarg. „Also, dass in meinem Zimmer …" Der Graf stockte erneut.
„Der riesengroße Mann ist wieder erschienen", kam da von Kurt.
„Und wie!", sagte der Graf. „Er stand in einer Weise lebendig und echt im Zimmer, dass er unmöglich ein Traum gewesen sein kann. Zumal Kurt ihn ja zugleich mit mir gesehen hat."
„Und dieses Mal hat er auch noch geredet."
„Really?"
„Ja. Nur war er kaum zu verstehen", berichtete der Graf. „Er sprach ein sehr altertümliches Deutsch. Verstanden habe ich aber ganz genau die Worte ‚Tod' und

‚töten'. Und mit denen", sagte der Graf, „waren eindeutig ich und Kurt gemeint." Er sah Master John an. „Ich weiß, das alles muss Ihnen völlig unglaubhaft erscheinen. Aber ich schwöre, so war es."
„Warum sollte ich Ihnen nicht glauben?", sagte Master John ernst. „Unglaubliches passiert öfter, als wir glauben. – Nur verstehe ich eines nicht", fügte er hinzu. „Was hat Freddy mit dem Erscheinen dieses Mannes zu tun?"
Und da, noch bevor der Graf antworten konnte, sagte Lena laut und schroff: „Freddy! Hast du vorhin an deiner Geschichte geschrieben?"
Ich hätte einfach bloß nicken können. Aber das hätte vielleicht so ausgesehen, als fühlte ich mich irgendwie schuldig. „Ja, ich habe geschrieben", drückte ich in die Tastatur. Und dann: „Es gibt für unsere Vermutung keinen echten Beweis."
„Welche Vermutung?", fragte Master John.
„Dass Freddy, wenn er an seiner Geschichte schreibt, den Finsteren Jäger und seine Frettchen herbeiruft", sagte Lena. „Aber für mich ist das eine Tatsache." Sie erzählte nun, was wir uns gestern überlegt hatten. Das tat sie frisch und klar – ihr Fieber schien sich verflüchtigt zu haben. Sie schloss: „Deshalb darf Freddy mit seiner Geschichte unter keinen Umständen weitermachen."
„Hm." Master John zupfte an einer Augenbraue.
Lena hatte genau und ziemlich ausführlich berichtet.

Wovon sie jedoch merkwürdigerweise nichts gesagt hatte: dass ich auch in der vergangenen Nacht geschrieben hatte. Und dass daraufhin weder der Finstere Jäger noch die Frettchen des Schreckens erschienen waren.

Gerade wollte ich Lena daran erinnern, als plötzlich Master John sagte: „Freddy, hast du zufällig den Fall aus dem Jahre 1593 im Computer?"

„Nicht zufällig, Meister", gab ich ein. „Ich habe ihn sorgfältig abgeschrieben. Schließlich ist er der Grundstock meiner Geschichte."

„Eben", nickte Master John. „Bitte zeige ihn uns mal." Und zum Grafen sagte er: „Was Sie jetzt sehen werden, entstammt einer Sammlung aus dem 18. Jahrhundert. Ich halte sie fur eine ziemlich zuverlässige geschichtliche Darstellung."

Ich ließ nun auf dem Bildschirm erscheinen: „In einer Grafschaft, welche klein und im Westen des Landes gelegen, ist ein Wilddieb so hart gerichtet worden, daß ein härter Urtheil nicht leicht erinnerlich sein könnte. Besagter Wilddieb, genannt der Finstere Jäger, ist, weil er Stücker drey Kaninchen auf gräflichem Grund mit Hülfe zweyer Frettchen erlegt, gefänglich eingezogen worden, und hat ihn der Gräfliche Gerichtsherr den 30ten Augusto A.D. 1593 andern zum abscheulichen Exempel am Galgen vom Leben zum Tode richten lassen. Die Frettchen aber, welche absonderlich groß gewesen, sind zuvor, weil der gleichen Missetaten schuldig wie der Finstere Jäger, ohne Gnade ersäuft worden."

„Ich frage mich", sagte nun Master John, „ob nicht ein Zusammenhang zwischen der im Urteil erwähnten Grafschaft und Schloss Ostereck …" Er hielt inne. „Graf, was haben Sie?"

Mit weit aufgerissenen Augen starrte der Graf auf den Bildschirm. Endlich strich er sich mit der Hand über die Augen und schüttelte den Kopf. „Das ist gespenstisch", murmelte er. Und las noch einmal.

Darauf atmete er tief ein und aus und sagte: „Es besteht in der Tat ein Zusammenhang." Und dann sagte er: „Dieser Gräfliche Gerichtsherr aus dem Jahre 1593 war ein Graf von Ostereck."

Schweigen. Das musste erst mal verdaut werden. Alle starrten wir den Grafen an. Dann blickten wir zum Bildschirm. Und darauf wieder zum Grafen.

„Ich muss etwa im Alter von Kurt gewesen sein", fuhr der fort. „Da hat mir mein Vater genau das vorgelesen. Aus einem dicken, in Schweinsleder gebundenen Buch. Und Vater sagte: ‚Der Gräfliche Gerichtsherr, mein Junge, war unser Vorfahre.' Das sei eine alte Familienüberlieferung."

„Aber warum hast du uns nie davon erzählt?", fragte Lena.

„Weil ich die Geschichte komplett vergessen hatte. Ich

weiß nicht, warum. Aber ich habe all die Jahre nie mehr daran gedacht."

„Und das Buch?", fragte Kurt. „Das mit dem Schweinsleder? Gibt es das noch?"

„Ich denke schon", sagte der Graf. „Es müsste in der alten Schloss-Bibliothek sein. Wo die Bücher stehen, die mit unserem Haus zu tun haben. Solche wie etwa die Chronik der Grafschaft von Ostereck."

„Die – was?"

„Die Chronik der Grafschaft von Ostereck. Vor langer Zeit hat mal ein Pfarrer aufgeschrieben, was früher hier passiert ist." Der Graf blickte wieder auf den Bildschirm. „Dass ich das so völlig vergessen konnte ... Vielleicht, weil man auf einen solchen Vorfahren nicht besonders stolz sein kann."

„Von der feinen Art war der ja wirklich nicht", stimmte Berta zu. „Einen wegen drei Kaninchen aufhängen! Prost Mahlzeit. Das muss man sich mal mit den Augen vom Finsteren Jäger vorstellen. Kein Wunder, dass der als Geist durchs Gemäuer spukt."

„Als Geist?", fragte der Graf. „Glauben Sie das?"

„Na, haben Sie ein anderes Wort für das, was Ihnen erschienen ist?"

„Ja, das habe ich", sagte der Graf. „Der Finstere Jäger ist kein Geist. Sondern ein Untoter. Wenn er erscheint, ist er wirklich da. Dann ist er aus der Welt der Untoten zu uns gekommen. Und ich bin überzeugt davon: Wenn er will, kann er uns töten.“ Der Graf hielt inne. Dann sagte er: „Deshalb gibt es nur eines.“ Er sah mich an: „Freddy. Du musst aufhören zu schreiben.“

Gemach, gemach, Euer Durchlaucht. Nach wie vor handelte es sich nur um eine Vermutung. Es gab keinen Beweis dafür, dass ich mit meinem Schreiben den Finsteren Jäger und seine Frettchen herbeirief.

„Freddy“, sagte da Master John. „Es gibt keinen Beweis, nicht wahr?“

„So ist es, Meister.“

„Aber es gibt eine nicht zu vernachlässigende Wahrscheinlichkeit. Ist es so?“

„Gibt es“, gab ich zu.

„Also gibt es auch eine nicht zu vernachlässigende Wahrscheinlichkeit dafur, dass jemand umkommt. Richtig?“

„Richtig“, drückte ich. Und nach einer Pause: „Okay. Ich gebe meine Geschichte dran. Ich werde sie löschen.“

„Versprochen?“

„Hoch und hamsterheilig, Meister. Meine Pfote darauf.“

Da sagte Lena: „Warum eigentlich nicht gleich?“

„Eben.“ Der Graf nickte. „Sicher ist sicher.“

Alle sahen mich erwartungsvoll an. Auch Master John. Offenbar trauten sie mir ohne Ausnahme zu, dass ich mein Wort brechen könnte. Ich überlegte, ob ich jetzt gekränkt sein sollte. Beschloss aber, dass es mir schnurzegal war, was der Verein von mir hielt. Und zur Strafe würde ich nun natürlich von der Datei *FGK (Freddys Geheime Kopie)* kein Sterbenswörtchen verlauten lassen. Die war allein meine Angelegenheit, um die ich mich später kümmern würde. Ich klickte mich also zu *Der Herr der Frettchen* durch. Und dann drückte ich *entfernen.*

„Na, bestens", sagte Berta. „Der Herr Untote wäre also gestorben." Sie erhob sich. „Dann besteht ja Hoffnung, dass es hier nachts nicht mehr ganz so lebhaft zugeht."

Ich sah zu Lena.

Sie stand mit verschränkten Armen an der Tür und blickte schweigend zu mir herüber. Ihre Brauen waren finster zusammengezogen.

13. Kapitel

Sollte ich *Freddys Geheime Kopie* tatsächlich löschen?
Das wollte ich gleich, als ich wieder allein war, hinter mich bringen. Dann war die endgültige Trennung von meiner Geschichte erledigt, und ich konnte mit sozusagen frisch geputztem Hirn an eine andere gehen, getreu dem Schriftsteller-Motto „Neues Buch, neues Glück".
Aber als ich die Datei *FGK* markiert hatte und *entfernen* drücken wollte – da schaffte ich es nicht.
Ich hatte jede Menge Worte zusammengetragen. Und die hatte ich ja nicht nur einfach angehäuft, sondern zu Sätzen geordnet, in denen Gedanken steckten. Und die eine Geschichte erzählten. Das Notebook war meine Vorratskammer und in der hatte sich ein Schatz angesammelt. Und den sollte ich …? Es ging über meine Kraft. Ein Hamster bringt es schlichtweg nicht über sich, Vorräte zu vernichten. Ich hatte – das schwöre ich

– nicht vor, an meiner Geschichte weiterzuschreiben. Aber ich wollte sie behalten. Vorläufig jedenfalls.
Ich fuhr das Notebook herunter, kletterte die Hamsterstrickleiter nach unten und rollte mich in meiner Höhle zusammen.

Geweckt wurde ich am späten Nachmittag von Sir William.
„Ich habe heute Nacht mitbekommen", empfing er mich, als ich aus der Höhle krabbelte, „wie du deine Geschichte gelöscht hast. Und ich kann mir vorstellen, dass dir dieser Verlust doch etwas nahe geht."
Das, Euer Lordschaft, war eine Goldmedaille in der Disziplin „einfühlsamer Scharfsinn".
„Indes, Bester, solltest du nicht allzu traurig sein. Vielleicht könntest du die Sache sogar zum Anlass nehmen, die Schreiberei ganz an den Nagel zu hängen. Dann hätte diese unnatürliche Beanspruchung deines Gehirns ein Ende."
Und noch eine Goldmedaille. In der Disziplin „Fehleinschätzung von Hamsterhirnen".
„Wie auch immer, mein Bester: Wir beide sind eingeladen."
„Aha? Und von wem?"
„Von Enrico & Caruso. Zu einer Show bei den Kaninchen. Und ich meine, wir sollten annehmen. Was dich angeht, so kannst du sicherlich ein wenig Ablenkung

gebrauchen. Ich meinerseits verspreche mir von der Veranstaltung neue, umwerfend komische Sketche."

Sir William weiß eine Menge und kennt das Leben. Er ist das, was man einen weisen Kater nennt. Das logische Denken indes ist seine Sache nicht. Warum das Erfinden von Geschichten schädlich für Hamsterhirne sein soll, das Erfinden von Sketchen für Meerschweinhirne dagegen nicht, bleibt sein Geheimnis.

Aber vielleicht ahnt sogar Sir William, dass das Aushecken von einfältigen Sketchen, die bloß ein Thema kennen, nämlich Freddy-Ärgern, den Verstand nur höchst mäßig beansprucht.

„Ich nehme die Einladung an", sagte ich. „Aber nur unter einer Bedingung: keine Sketche auf meine Kosten."

„Ich werde Enrico & Caruso deinen Wunsch übermitteln. Allerdings, mein Bester – ", Sir William schüttelte betrübt den Kopf, „ – finde ich es doch recht bedauerlich, dass euch Hamstern ganz offenbar die Fähigkeit fehlt, über euch selbst zu lachen."

Und wieder eine Goldmedaille. Dieses Mal für den Goldhamster Freddy. In der Disziplin „Sich-Beherrschen beim Anhören von lachhaften Vorurteilen".

Die Show fand hinter der Scheune unter dem Brombeergestrüpp statt. Es gab dort eine verhältnismäßig große freie Stelle mit einem einzelnen Röhrenausgang

in der Mitte. Das Ganze bildete eine Art Manege mit einem Zugang für die Künstler.
Rundherum hatten sich Zuschauer eingefunden. Und zwar in einer Menge, wie ich es nicht erwartet hatte: Es mussten fast fünfzig Kaninchen sein, die da mit erwartungsfroh aufgestellten Ohren und miteinander schwatzend auf den Beginn der Vorstellung warteten. Eine so abnorm große Karnickel-Kolonie war für eitle Künstler wie Enrico & Caruso natürlich ein Leckerbissen. Ein bisschen konnte ich ihnen jetzt nachfühlen, warum sie riskiert hatten, von den Frettchen gebissen zu werden.
Ich und Sir William wurden an einen Platz geleitet, der mit Brombeerranken eingefasst war und so etwas wie eine Loge darstellte.
Und da wurde es auch schon rundum still: Im Künstlerausgang war Baron von Nase erschienen. Gravitätisch richtete er sich auf. „Verehrtes Publikum! Hochverehrte Gäste! Werte Häsinnen und Rammler!" Er reckte die Vorderläufe empor. „Willkommen zur – Show der Shows!" Nicht schlecht, Herr Baron. Bis auf die Kleinigkeit, dass man „Show" nicht wie „Schau" ausspricht. „Ich habe die Ehre und das Vergnügen, Sie durch den heutigen Nachmittag zu führen. Und da –", rief er und zeigte auf den Künstlerausgang, „– kommen sie auch schon! Unsere gefeierten Meerschweine! Begrüßen Sie – Enrico und Caruso!" Er verschwand im Loch.

Und es erschienen Enrico & Caruso.
Ich hatte den Ausdruck oft gelesen, aber nie etwas Rechtes damit anfangen können, nämlich: frenetischer Beifall. Jetzt wusste ich, was das heißt. Frenetischer Beifall heißt: Die Erde erbebt und die Luft erzittert, weil fünfzig Kaninchen mit ihren Hinterläufen auf den Boden trommeln.
Enrico & Caruso verbeugten sich eine Zeit lang nach allen Seiten und das ohrenbetäubende Trommeln hielt an. Doch dann hoben die beiden die Pfoten und es wurde sofort still.
„Danke, Freunde!“, sagte Enrico. „Wir sind ganz schön gerührt und überwältigt. Was, Caruso?“
„Du sagst es, Enrico. Sollten wir nicht doch …“ Caruso flüsterte Enrico etwas ins Ohr.
Der schüttelte den Kopf. „Mein Partner fragt“, erzählte er dem Publikum, „ob wir nicht besser gleich mit dem Lied anfangen.“
„Es ist ein Lied speziell für euch“, sagte Caruso. „Aber ich seh’s ein: Das sollten wir uns für den Schluss aufsparen.“
„Also kriegt ihr jetzt erst mal was anderes zu sehen.“ Die beiden verbeugten sich erneut und verschwanden im Künstlerausgang.
Dort erschien nun wieder Baron von Nase. Wie vorhin richtete er sich zum Männchen auf (was für ein Kaninchen so normal ist wie für unsereinen), aber dann fing

er an, in dieser Haltung würdevoll auf und ab zu wandeln. Und das sah derart komisch aus, dass rundum die Kaninchen zu kichern begannen. Baron von Nase – voll damit beschäftigt, sich zu spreizen – merkte nichts.
„Hochverehrtes Publikum!“, tönte er. „Ich möchte Ihnen nun – “ und da tauchten im Künstlerausgang Enrico & Caruso mit rot gemalten Clownsnasen auf, „– die erste Darbietung ankündigen.“ Der Baron hatte die beiden nicht gesehen. Sie witschten hinter ihn, richteten sich auf und folgten ihm in würdevollem Gleichschritt. Die Kaninchen krümmten sich vor unterdrücktem Lachen.
„Sehen Sie nun …“ Der Baron wendete sich um, aber Enrico & Caruso waren so wieselflink wieder hinter ihm, dass er sie nicht entdeckte. Manche Kaninchen bissen sich in die Pfoten, um nicht lauthals loszulachen. „Sehen Sie nun den unglaublichen – Hibbel!“ Der Baron hatte die Vorderpfoten emporgeworfen und hinter ihm, synchron dazu, die beiden Clowns. Nun gab es kein Halten mehr: Die Kaninchen schrien vor Lachen. Der Baron blickte verwirrt um sich. Aber da waren Enrico & Caruso schon im Künstlerausgang verschwunden. Jetzt lächelte der Baron. „Danke“, sagte er und verbeugte sich. „Ihr seid alle so gut zu mir.“

Ich amüsierte mich goldhamsterlich. Möglicherweise, weil Enrico & Caruso tatsächlich keine Sketche auf

meine Kosten zeigten. Eher aber, weil sie bisher überhaupt keine Sketche aufgeführt hatten. Und in ihrer Rolle als Clowns, also, da waren sie richtig gut.
Ohne die beiden hätte man zum Beispiel Hibbels Vorstellung glatt vergessen können. Gewiss, er zeigte unglaubliche Sprünge, kreuz und quer und so hoch, dass man einmal sogar befürchten musste, er würde oben im Brombeergestrüpp hängen bleiben. Zur Nummer aber wurde das alles erst durch die Clowns Enrico & Caruso. Sie rannten, während Hibbel in der Luft war, mit ausgestreckten Pfoten hinter ihm her, bereit ihn aufzufangen. Wenn er dann aber herunterkam, spritzen die beiden auseinander. Und der gute Hibbel, der wohl wirklich mit einer weichen Landung gerechnet hatte, knallte auf die Erde.
Ich gestehe: Je öfter ich das sah, desto komischer fand ich es.
Oder Hildes Liedvortrag. Irgendjemand, vielleicht sogar Hilde selber, hatte sich ausgedacht, dass sie oben auf einer zweistöckigen Kaninchen-Pyramide singen sollte. Die wurde mühsam von neun Rammlern gebaut (keine sehr überzeugende akrobatische Leistung), und endlich hatte sich Hilde ganz oben aufgepflanzt. Damit sie nicht herunterfiel, hielten sie die drei Rammler, die unter ihr waren, sorgsam an den Hinterläufen fest.
Und Hilde begann zu singen. „Sellerie, Sellerie, Sellerie!“, schmetterte sie. „Den ganzen Tag nur Sellerie.

Ach, warum krieg ich nur nie …“ Abrupt brach sie ab. Und starrte mit großen Augen nach unten.
Dort kamen die Clowns Enrico & Caruso geschlendert. Und jeder von ihnen (weiß der Himmel, woher sie die besorgt hatten) knabberte an einer Stange Sellerie.
„Lasst mich runter!“, flüsterte Hilde ihren Unter-Rammlern zu. Aber die wollten nicht. Sie hatten jede Menge Arbeit in den Bau der Pyramide gesteckt. Nun sollte Hilde gefälligst auch singen. „Ich will runter! Sofort!“, zischte Hilde und versuchte, ihre Hinterläufe zu befreien. Aber die Rammler blieben stur. Es gab eine Rangelei, die Pyramide wankte, wankte immer stärker und dann (die beiden Clowns hatten sich natürlich längst verzogen) purzelten zehn Kaninchen durch die Manege. Wenn Goldhamster Tränen vergießen könnten, dann hätte ich jetzt welche gelacht.
Die nächste Darbietung war ebenfalls eine Musiknummer: Ein Trommel-Trio trommelte das Lied vom Hasen Augustin. Der Hase Augustin (das erzählte uns eine Häsin aus der Nachbarloge) lebte in grauer Vorzeit und konnte unglaublich schnell rennen sowie fixe Haken schlagen – eine Fähigkeit, die ihn in Karnickel- und Hasenkreisen zu einer Art Volkshelden gemacht hat. Es gebe praktisch keine Feier unter Kaninchen, bei der sein Lied nicht mit Begeisterung gesungen oder gespielt werde.
Tja. Auf Nicht-Karnickel wirkte das, was das Trommel-

Trio da produzierte, nicht ganz so begeisternd. Man konnte die Wirkung auch als einschläfernd bezeichnen. Um diese Nummer zu retten, würde es die ganze Kunst der beiden Clowns brauchen. Ich war echt gespannt, was Enrico & Caruso sich ausgedacht hatten. Wo sie nur blieben?
Ich blickte zum Künstlerausgang. Nichts.
Das Trommel-Trio trommelte und trommelte und trommelte. Wenn nicht bald etwas passierte, schlief ich wirklich noch ein.
Doch da kamen sie.
Und zwar raketengleich. Enrico & Caruso schossen derart rasant aus dem Künstlerausgang, dass sie förmlich durch die Luft flogen. Und dann auf die Erde knallten.
Rundum von den Kaninchen kam ein Aufschrei des Entzückens. Das war ein Auftritt nach ihrem Geschmack!
Das Trommel-Trio hatte vor Schreck zu trommeln aufgehört – was von Enrico & Caruso natürlich einkalkuliert war (sie beherrschten ihr Clownshandwerk wirklich).
Die zwei rappelten sich hoch. Mit allen Anzeichen des Entsetzens zeigten sie auf den Künstlerausgang.
„Da–da–da–“, stammelte Enrico, als stürbe er vor Angst.
„Da–dri–drinnen–“, stotterte Caruso, als wäre ihm da drinnen der Leibhaftige persönlich begegnet.
Vor Lachen schlackerten den Kaninchen die Ohren.

Wetten, dass jetzt gleich der Baron auftauchte? Mal wieder mit null Ahnung, was gespielt wurde?

Und da kam er auch schon aus dem Loch geschossen.

Mann, war das komisch! Und verkleidet hatte er sich!

Der Baron richtete sich auf … aber … so hoch … er war ja riesig!

Da schoss noch jemand aus dem Loch, richtete sich auf, genauso riesig … Und es waren …

Die Kaninchen gefroren zu eisigen Klumpen des Entsetzens.

Es waren die Frettchen.

14. Kapitel

Da waren die Frettchen des Schreckens.
Sie standen hoch aufgerichtet, fauchten aus aufgerissenen Mäulern und schüttelten ihre Schellenhalsbänder.
Die Glöckchen gellten scharf und schrill.
Die Kaninchen saßen wie festgefroren.
Die Frettchen blickten um sich und nahmen Maß. Schon mit dem ersten Sprung, mitten hinein in die dicht gedrängte Kaninchenschar, würden sie reiche Beute machen. Und dann würde folgen, wonach sich jede einzelne Faser in den Frettchen verzehrte: die Jagd auf fliehende Kaninchen.
Die Frettchen spannten sich zum Sprung.
Doch da sprang etwas Schwarzes auf sie zu.
Es war Sir William.
Mit einem gewaltigen Satz hatte er sich aus der Deckung unserer Loge ins Freie geschnellt und stand nun groß vor den Frettchen – bereit zum Angriff.

So, in Angriffshaltung, hatte ich ihn noch nie gesehen. Sein Schwanz peitschte durch die Luft, ein Kamm wild gesträubter Haare zog sich über Rücken und Nacken, die Ohren waren gefährlich zurückgelegt, und aus dem geöffneten Maul mit den enormen Dolchzähnen drang ein an- und abschwellendes Grollen, so durchdringend und drohend, dass sich mir unwillkürlich das Fell aufstellte.

Die Frettchen standen auf hohen, durchgedrückten Beinen, mit gefletschten Gebissen und fauchten. Sie waren kleiner als Sir William. Aber nicht allzu sehr, und vor allem: Sie waren zu zweit.

Sir William und die Frettchen des Schreckens standen sich gegenüber.

Plötzlich sprang Sir William. Und genau da, als wäre dies der Auslöser gewesen, stürzten die Kaninchen los. Jedes versuchte, in den nächstgelegenen Röhreneingang zu fliehen, sie schossen kreuz und quer durcheinander, es war mit einmal ein Hexenkessel rundum, ich sah noch, dass Enrico & Caruso flüchteten, bevor mir die Sicht genommen wurde, doch dann sah ich: Sir William hatte keines der Frettchen erwischt.

Sie waren zur Seite gesprungen, in verschiedene Richtungen. Sir William wandte sich dem Frettchen rechts von ihm zu und da sprang ihn das andere an. Es verbiss sich in Sir Williams Flanke, er bog den Kopf nach hinten, versuchte das Frettchen wegzubeißen, doch nun

sprang ihn das zweite an. Und das verbiss sich in seine Kehle. Sir William knurrte wild und schüttelte sich.
Doch die beiden Frettchen ließen nicht locker. Im Gegenteil: Je wilder Sir William sich schüttelte, desto fester schienen die zwei Bestien an ihm zu hängen. Gleich würden sich die schmutzig-gelben Frettchen-Schnauzen rot färben von Sir Williams Blut.
Und da, nach einer weit ausholenden Bewegung, schnellte er den Kopf zur Seite und schleuderte das Frettchen, das an seiner Kehle hing, von sich. Jetzt schnappte er nach dem Vieh an seiner Flanke, einmal, zweimal, und da hatte er es erwischt und in den Rücken gebissen. Doch es kam kein Blut. Und das Frettchen blieb fest an ihm hängen. Nun sprang das andere ihn wieder an, erwischte einen Hinterlauf und verbiss sich in den.
Sir William schnappte nach hinten, zur Seite, immer wieder, aber er kriegte keine der Bestien mehr zu fassen. Und man sah deutlich, dass seine Bewegungen langsamer wurden.
Zu zweit waren die Frettchen ihm über.
Sir William war dabei, den Kampf zu verlieren.
Die Frettchen, fest in ihn verbissen, würden einfach abwarten, bis er mit seiner Kraft am Ende wäre.
Und dann …
Doch da geschah es.
Zuerst kaum merklich, dann schneller und schneller,

wurden die Frettchen durchsichtig. Sie verblassten vor meinen Augen. Und auch ihr Biss schien schwächer zu werden, denn Sir William stand plötzlich ruhig da und wartete ab.

Endlich waren sie verschwunden.

Ich flitzte zu Sir William hinüber. „Bist du schwer verletzt?“

„Nach welchen Verletzungen fragst du, mein Guter?“ Sir William lächelte schmerzlich. „Solltest du die Verletzung meines Stolzes meinen, des Stolzes als Kater, der einen Kampf gewinnen wollte, so muss ich mit Ja antworten. Fragst du indes nach meinen körperlichen Verletzungen, so kann ich dir sagen: mittelschwer.“ Er schüttelte die Hinterpfote. „Aber das wird schon wieder, mein Bester. – Wirklich beunruhigend“, fuhr er fort, „finde ich etwas anderes.“

„Du meinst die Tatsache, das die Bestien erscheinen konnten? Obwohl ich nicht geschrieben habe?“

„Genau. Ich würde vorschlagen, wir erkundigen uns im Schloss, ob dort etwas passiert ist.“ Er neigte den Kopf. „Aufsitzen, Bester.“

Es *war* etwas passiert im Schloss.

Als ich und Sir William in die Eingangshalle kamen, hatte sich dort die Grafenfamilie versammelt, und auch Master John war da. Berta saß in einem Sessel und die anderen umstanden sie. Auf dem Tisch lag Verbands-

zeug und Bertas linker Daumen war dick mit Pflastern verklebt. Sie war bleich und zitterte sogar ein bisschen.
„Soll ich dir einen Kognak holen?“, fragte Lena.
Berta schüttelte den Kopf. „Das fehlte noch, dass ich wegen dem Herrn Untoten das Saufen anfange.“
Lena lachte. Sie war verändert seit gestern Nacht. Richtig locker wirkte sie. Und sie duftete wieder rein nach Kamillenblüten. Die Beimengung, der Geruch nach Angst, war verschwunden.
„Also, wie ist das nun passiert?“, fragte der Graf.
„Na ja, es war so“, berichtete Berta. „Ich sitze am Küchentisch und schneide Tomaten für den Abendbrotsalat. Und da merke ich mit einmal was. Ich kriege dieses Gefühl, dass man beobachtet wird.“
„Was ist denn das für ein Gefühl?“, fragte Kurt.
„Man spürt es eben. Das wirst du noch kennen lernen, Jungchen. Ich kriege also dieses Gefühl und blicke auf. Aber ich sehe niemanden. Ich drehe mich um und da steht er genau hinter mir. Der Finstere Jäger. Also, ich bin ja nicht gerade von Schreckhausen. Aber in diesem Moment hat sich mir jedes einzelne Härchen aufgestellt. Brrr!“ Berta schüttelte sich. „Der Mann ist wirklich riesig. Jedenfalls: Nun kommt er um den Tisch herum. Ich hatte ja gerade einen mächtigen Schreck gekriegt, aber trotzdem fiel mir auf, dass seine Stiefel vor Dreck starrten. Überhaupt ist das ganze altertümliche Zeug, das er anhat, ziemlich schmutzig. Und auch

so grob. Die Nähte sind krumm und kein Knopfloch sieht wie das andere aus. Ich meine, so was muss einen eigentlich nicht wundern. Damals gab's ja keine Kleiderfabriken mit Maschinen. Die haben alles mit der Hand genäht und das ist …"
„Hochinteressant", unterbrach der Graf. „Aber wie ging es weiter?"
„Er baut sich vor mir auf. Und ich gucke ihn an. Und er mich. Ich denke dabei, dass seine Gesichtsfarbe weiß Gott nicht die gesündeste ist. Grau-grün wie verdorbene Leberwurst. Was er, der Finstere Jäger, denkt, weiß ich nicht. Aber er denkt sich garantiert was, so bohrend, wie er mich ansieht. Es geht mir ordentlich durch und durch." Berta machte eine Pause. „Na ja", sagte sie dann. „Da ist es eben passiert."
„Was ist passiert?"
„Das da." Berta hob den bepflasterten Daumen hoch. „Ich weiß auch nicht, was da in mich gefahren ist. Es war so blöde und sinnlos. Jedenfalls: Ich fange an, wieder an meinen Tomaten zu schnippeln. Und prompt säbel ich mir in den Daumen. Tja."
„Und dann?"
„Dann ist er verschwunden. Nicht auf einen Schlag, sondern schön allmählich. Ich guckte ihm dabei zu. Er wurde durchsichtig, immer mehr, und irgendwann war er weg. Aus, weg, verschwindibus."
„Und er hat nicht gesprochen?", fragte der Graf.

„Nein. Er war stumm wie eine Leiche." Berta dachte nach. „Was er wohl gewollt hat?" Sie hob die Schultern. „Vielleicht einfach mal nachschauen, wen es hier im Schloss noch so gibt."
„Was er wollte", sagte Master John, „ist jetzt nicht so wichtig. Viel wichtiger ist: Warum konnte er erscheinen? – Freddy", sagte er (Sir William hatte sich mit mir für alle gut sichtbar aufgestellt), „hast du etwa mit deiner Geschichte neu angefangen?"
Ich richtete mich auf und wollte gerade den Kopf schütteln, als von Lena sehr bestimmt kam: „Nein, das hat er nicht."
Hm. Woher wollte sie das so genau wissen?
„Sind auch die Frettchen wieder aufgetaucht?", wandte sich Lena an mich. „Draußen bei den Kaninchen?"
Ich nickte heftig.
Darauf zeigte ich so deutlich, wie es mir möglich war, auf Sir William.
Lena kam näher. „Du lieber Gott!", rief sie. „Er ist ja verletzt! Waren das die Frettchen?"
Ich nickte wieder. Nun kam auch Master John herbei und besah sich die Wunden. „Poor old chap", sagte er. „Aber ich denke, du hast es ihnen gezeigt, was?" Wozu ich abermals heftig nickte.
„Er muss gleich zum Tierarzt!", rief Lena aufgeregt.
„Nein." Master John schüttelte den Kopf. „Es braucht nichts genäht werden. Diese Wunden heilen am bes-

ten, wenn man sie der Pflege von Sir William uberlässt. Right, old chap?"

Sir William ließ ein kurzes Miau hören und Master John nickte.

„Hm." Der Graf rieb seinen grauen Stoppelbart. „Die Untoten können also neuerdings erscheinen, ohne dass Freddy sie rufen muss."

„Sorry, wenn ich widerspreche", sagte Master John. „Aber ich glaube nicht, dass Freddy sie jemals gerufen hat." Er zupfte an seiner Augenbraue. „Der Finstere Jäger wollte mit seinen Frettchen aus der Welt der Untoten heraus. Vielleicht probiert er das schon seit Jahrhunderten. Aber er schaffte es nicht aus eigener Kraft. Er brauchte etwas, das ihm den Weg bahnte. Und das hatte er plötzlich mit Freddys Geschichte."

„Und warum braucht er die jetzt nicht mehr?", fragte Lena.

„Ich denke: Der mehrmalige Weg zu uns hat ihn gekräftigt. Eine Art Trainingseffekt, wie bei einem Sportler." Master John lächelte ein wenig, wurde jedoch gleich wieder ernst. „Aber er ist noch nicht kräftig genug, um länger zu bleiben."

„Bald wird er's sein", sagte Berta. „Und dann gnade uns Gott."

„Was kann er uns schon groß tun?", fragte Lena. „Großtante Agathe hat er vielleicht zu Tode erschreckt. Aber mit uns schafft er das nicht mehr. Ich meine, alle aus unserer Familie haben den Finsteren Jäger inzwischen gesehen …" Sie stockte. Dann fügte sie hastig hinzu: „Mich ausgenommen! – Jedenfalls", fuhr sie fort, „kennen wir diesen Unhold jetzt ganz gut. Keiner stirbt vor Angst, wenn er … iiiiiih!"

Mit einem Donnerkrach war die Hallentür aufgeflogen.

15. Kapitel

Die mächtige Hallentür wurde seitlich gegen die Wand geschlagen, dann zurückgeworfen und fiel krachend ins Schloss.

Es war der Wind. Draußen hatte sich Gewitterwind erhoben, wie so oft in den letzten Tagen. Und wegen uns Tieren war die Tür nur lose angelehnt gewesen.

Nicht nur Lena, wir alle waren furchtbar erschrocken. Kurt hielt den Arm seines Vaters umgeklammert und Berta war aufgesprungen. Sie hatte die Hände an die Brust gepresst.

„Na", sagte sie und atmete tief durch, „Angst haben wir vielleicht keine. Dafür aber ziemlich schwache Nerven."

„Apropos Nerven", sagte Master John zu Lena. „Du solltest nicht vergessen, aus welcher Zeit der Finstere Jäger kommt. Damals gab es noch Hinrichtungsarten wie Köpfen, bei lebendigem Leib verbrennen und sogar

Vierteilen. Und“, sagte er sehr ernst, „es gab die Folter. So etwas mit anzusehen, das halten wir Heutigen nicht aus. Wenn der Finstere Jäger in der Lage ist, uns davon etwas zu zeigen, dann könnten wir durchaus vor Entsetzen sterben.“

Lena sah ihn groß an. Sie öffnete den Mund, als wollte sie etwa sagen, schloss ihn dann aber wieder und schwieg. Nach einer Weile sagte sie: „Und außerdem: Warum denken wir eigentlich, dass er uns nichts mit seinen Händen tut?“

„Ich hab’s!“, rief da Berta. „Das war natürlich der Grund!“

„Welcher Grund?“, fragte der Graf. „Und wofür?“

„Na, für sein Erscheinen. Ich habe mich gefragt, warum mir der Finstere Jäger erschienen ist. Und ich denke, ich weiß es jetzt.“ Berta schüttelte den Kopf. „Manchmal ist man wie vernagelt.“

„Wäre es zu viel verlangt“, sagte der Graf, „wenn Sie uns an Ihrer plötzlichen Erkenntnis teilhaben ließen?“

„Na, ich will mal nicht so sein.“ Berta schmunzelte. Dann sagte sie: „Der Finstere Jäger ist gekommen, um zu zeigen, dass er uns nicht bloß erschrecken kann. Sondern auch richtig verletzen.“

„Sie meinen“, fragte Master John, „er hat bewirkt, dass Sie sich schneiden?“

„Ja. Er wollte uns sagen: Leute, ich kann’s echt bluten lassen.“

Master John nickte. „Well, das sind keine sehr guten Aussichten."

„Weiß Gott nicht." Wieder rieb der Graf seinen Stoppelbart. „Also erhebt sich nun die Frage: Wie schützen wir uns vor dem Unhold?"

„Was ist mit der Polizei?" fragte Master John. „Wir sollten diese Möglichkeit in Betracht ziehen." Er fügte ein wenig hastig hinzu: „Der Vollständigkeit halber."

„Aber wirklich nur deshalb", sagte der Graf. „Denn wenn ich anrufe und sage: Auf Schloss Ostereck geht der Finstere Jäger um, dann lachen die sich doch einen Ast."

Master John nickte. „Da käme noch nicht einmal britische Polizei."

„Er darf uns nicht einzeln erwischen." Der Graf blickte sich um. „Wir bleiben hier. Wir übernachten alle hier in der Halle. Es sind doch genügend Liegen da, Berta?"

„Jede Menge. Aber der Finstere Jäger soll mich holen, wenn ich die allein aufstelle. Ihr zwei", sagte sie zu Lena und Kurt, „helft mir."

„Fur mich bitte auch eine Liege", sagte Master John.

„Na sicher." Berta wandte sich zum Gehen. Sie brummelte: „Und ich frag mich gestern noch, wer morgen bei wem schläft." Sie stapfte davon. „Alle bei allen in der Halle! Das übertrifft meine wildesten Träume."

Während das große Liegenaufschlagen begann, machten ich und Sir William (ich in seinem Genick) uns auf den Weg zurück zu den Kaninchen. Denn natürlich mussten sie und auch Enrico & Caruso wissen, dass die Frettchen jederzeit wieder auftauchen konnten. Und sich dann wahrscheinlich auf Dauer in unserer Welt einnisten würden.

„Und wie weiter?“, fragte ich. „Ich meine: Wie können wir die Kaninchen schützen?“

„Das fragst du ausgerechnet mich, mein Guter? Du streust Salz in meine Wunden.“

„Tut mir Leid, Sir William“, sagte ich und meinte es so. Denn meine Frage war nicht nur taktlos ihm gegenüber. Sondern auch überflüssig. Es gab keinen Schutz für die Kaninchen. Ihre Kolonie, so groß sie war, würde vermutlich binnen kurzem ausgelöscht sein.

Draußen wehte noch immer ein heftiger Wind, aber er schien abzuflauen. Auf dem Hof kamen uns Enrico & Caruso entgegengewetzt.

Was ich jetzt berichten muss, ist mir ein bisschen peinlich. Ich meine: Dass Enrico & Caruso albern sind, und zwar in jeder Lebenslage, das kennt man ja. Aber ich? Und Sir William …?

Jedenfalls rief Enrico: „Das trifft sich gut, dass wir euch treffen!“

Und Caruso schrie: „Ein wichtig Treffen tut’s betreffen!“

Worauf mir entfuhr: „Könnt ihr’s nicht lassen uns zu äffen?“

Und Sir William fragte streng: „Habt ihr den Ernst der Lage nicht begreffen?!“
Enrico & Caruso starrten uns an.
Und plötzlich, wie auf Kommando, begannen wir alle vier zu lachen. Vermutlich löste sich so die Spannung der letzten Stunde.
„Also, meine Guten“, sagte Sir William, nachdem wir fertig gelacht hatten, „um was für ein Treffen handelt es sich?“
„Um eines mit Hilde, Hibbel und Nase“, sagte Enrico. „Sie warten drüben am Hoftor. Um dir den Dank der Kolonie zu überbringen.“
„Dafür, dass du sie vor den Frettchen errettet hast“, ergänzte Caruso.
Sir William schüttelte den Kopf. „Das habe ich nicht.“
„Äh, richtig, Sir William.“ Aus irgendeinem Grund war Enrico verlegen. „Die Frettchen sind einfach unsichtbar geworden. Das haben wir beide natürlich gesehen.“
„Aber nicht die Kaninchen. Sie meinen, dass du die Frettchen weggebissen hast.“ Auch Caruso sah verlegen aus. „Könntest du, Sir William, vielleicht dabei bleiben? Ich meine, dass du es warst?“
„Warum sollte ich?“
Enrico wand sich jetzt vor Verlegenheit. „Weil wir, äh, ein bisschen mit dir angegeben haben.“
„Vielleicht sogar ein bisschen mehr als ein bisschen“,

sagte Caruso. Und schrie plötzlich: „Wir haben ganz fürchterlich auf den Putz gehauen!"
„Und uns groß von den Kaninchen feiern lassen. Schon mal stellvertretend für dich, sozusagen."
„Deshalb soll ich für euch schwindeln?" Sir William schüttelte den Kopf. „Kommt nicht infrage. ‚Wer prahlt, der zahlt', pflegte mein seliger Vater zu sagen. Ihr bezahlt bei den Kaninchen mit der Wahrheit."
Wir gingen hinüber zum Hoftor, wo Hilde, Hibbel und Nase warteten. Enrico & Caruso hielten sich hinter Sir William versteckt. Vor den Kaninchen als Prahlhanse entlarvt zu werden musste ihnen furchtbar peinlich sein.
Baron von Nase richtete sich auf. „Hochverehrtester Sir William, Euer Lordschaft!" Er räusperte sich wichtigtuerisch. Und deklamierte:

„Es schallt ein Ruf durch alle Welt:
Sir William ist ein großer Held!
Verbiss er doch der Frettchen zwei,
die Wunden war'n ihm einer..."

„Halt! Stopp!", rief Sir William. „Ihr irrt euch." Er trat zur Seite und zeigte auf Enrico & Caruso, die sich flach wie Bettvorleger machten. „Genau wie unsere beiden Freunde. Auch sie dachten, ich hätte die Frettchen verjagt." Er machte eine kleine Pause. „Auch sie haben

sich geirrt.“ Die beiden hoben die Köpfe. Dann sahen sie sich an. Offenbar konnten sie ihr Glück nicht fassen: Sir William hatte darauf verzichtet, sie vor den Kaninchen bloßzustellen, großherzig, wie er war (wenn man mich fragt: in diesem Falle ein wenig zu großherzig).
„Die Frettchen“, sagte Sir William, „sind ohne mein Zutun verschwunden. Das hat eine Vorgeschichte, die euch Freddy nun erzählt.“
Ich ließ mich von Sir William zur Erde herabgleiten und setzte mich deutlich entfernt von ihm in Positur. Denn ich wollte den Kaninchen zeigen, dass die Sache (zumindest anfangs) nichts mit ihrem gefeierten Helden zu tun gehabt hatte (und schon gar nicht mit Enrico & Caruso, ihren Mastern der Show). Sondern dass ich, der kleine, aber pfiffige Hamster Freddy, die Hauptperson im Stück war.
„Alles begann mit einem uralten Buch“, begann ich. Ich erzählte nun, wie ich auf den Fall des Finsteren Jägers gestoßen war und angefangen hatte, daraus eine Geschichte zu machen. Weil Hilde danach fragte, berichtete ich als Nächstes, wie ich Lesen und Schreiben gelernt hatte, was ein Computer war und dass man mich als einen nicht ganz unbedeutenden Schriftsteller zu betrachten habe. Darauf erzählte ich vom Brief der alten Gräfin und schilderte die Ereignisse auf Schloss Ostereck seit unserer Ankunft. Nun erläuterte ich ausführlich den Zusammenhang zwischen meiner

Geschichte und dem Auftauchen der Untoten. Und dass diese seit Neuestem zu erscheinen vermochten, ohne dass ich schrieb. „Sie können jederzeit wiederkommen“, schloss ich. „Und dann bleiben sie möglicherweise für immer.“

Eine Zeit lang herrschte Schweigen.

Hilde und Hibbel überdachten, was sie gehört hatten. Auch Baron von Nase schien nachzudenken, heftig sogar. Denn er sah konzentriert in die Luft und beklopfte rhythmisch mit seiner Pfote die Nase. Nach einer Weile blickte er in die Runde und verkündete das Ergebnis seiner Überlegungen: „Wenn also die Bestien für immer hier blieben, so würden wir künftig mit ihnen zu leben haben. Nicht wahr?“

„Wa… Wa…“ Hibbel tat einen schrägen Sprung seitwärts. „Was heißt leben?! Sie werden uns umbringen!“

„Es muss irgendeinen Schutz gegen sie geben“, überlegte Hilde.

„Ich fürchte nein, Verehrteste.“ Sir William schüttelte den Kopf. „Ich jedenfalls bin ihnen nicht gewachsen.“

„Ich glaube sogar“, setzte ich hinzu, „dass auch Menschen-Waffen ihnen nichts anhaben können. Sie treiben zwar in unserer Welt ihr Unwesen. Aber sie sind Untote. Sie gehören zu einer anderen Welt.“

Wieder herrschte Schweigen.

Der Baron sah in die Luft und beklopfte seine Nase. „Wenn also die Bestien zu einer anderen Welt gehören, so haben sie in unserer Welt nichts verloren. Nicht wahr?"

Niemand antwortete. Dieser Baron war schon ein Schätzchen.

Der Baron klopfte an seine Nase. Plötzlich wandte er sich mir zu. Und dann sagte er: „Du musst sie in ihre Welt zurückschicken!"

„Klar doch." Dieses Karnickel fing an, mir ziemlich flott auf den Senkel zu gehen. „Wenn der Finstere Jäger und die Frettchen des Schreckens wieder erscheinen, sage ich zu ihnen: Ihr habt hier nichts zu suchen, Jungs. Also haut gefälligst ab. Und lasst euch ja nicht wieder blicken!"

„Natürlich *sagst* du ihnen das nicht. Sondern du schreibst es."

„Aber sicher." Ich fing an, wütend zu werden. „Eine Postkarte wird sie ganz besonders beeindrucken."

„Guter Hamster." Der Baron betrachtete mich von oben herab. „Wie es scheint, ist man ein wenig begriffsstutzig. Du hast diese Geschichte mit dem Titel ‚Der Herr der …', äh, der …"

„Frettchen", knirschte ich. Baron von Nase entwickelte sich zu einer echten Herausforderung meiner Selbstbeherrschung.

„Richtig: Frettchen", sagte er. „Diese Geschichte hast du doch geschrieben, oder?"

„Ja-a." Cool bleiben, Freddy. Lass dich von diesem

Schwachkopf nicht auf die Palme jagen. Mach ihn mit eisigem Hohn fertig. „Das kann ich nicht leugnen." Eisig, aber nicht höhnisch genug.

„Und mit deiner Geschichte hast du den Weg gebahnt für diese, äh, diese …"

„Halbtoten." Höhnisch, aber nicht eisig genug.

„Nein. Für diese Untoten. Denen hast du die Bahn zu uns geebnet. Nicht wahr?"

„Ich entsinne mich, vorhin ein oder zwei Worte diesbezüglich verloren zu haben." Schon besser.

„Nun also. Und jetzt bahnst du ihnen mit deiner Geschichte den Weg zurück."

„Wie bitte?"

„Es ist ganz einfach", sagte Baron von Nase. „Du biegst ihre Bahn nach rückwärts. Und der müssen sie folgen."

Ich starrte ihn an.

„Guter Hamster. Ist das so schwer zu verstehen?" Der Baron betrachtete mich ungemein von oben herab. „Du schreibst deine Geschichte zu Ende und schickst die Untoten zurück in ihre Welt."

16. Kapitel

Der Gedanke war schlichtweg genial.
Und vor allem: So nahe liegend. Ich hatte mit meiner Geschichte dem untoten Finsteren Jäger und seinen Frettchen den Weg aus ihrer Welt in unsere gebahnt. Also sollte es möglich sein, sie auf diesem Weg auch wieder zurückzuschicken. Warum war niemand von uns, selbst Master John nicht, darauf gekommen? – Es gibt eben Dinge, die sind so kompliziert, dass einfache Gedanken darin keinen Platz mehr haben. Anders gesagt: Wir alle haben den Wald vor lauter Bäumen nicht gesehen.
Bloß Baron von Nase. Der hatte den Wald gesehen. Weil er (um das klar zu sagen) zu dämlich war, die Bäume zu sehen.
Übrigens: Sobald man sich seinen Einfall aus der Nähe betrachtete, löste sich der Wald rasch wieder in lauter einzelne Bäume auf.

Was hieß denn: „Du schreibst deine Geschichte zu Ende und schickst die Untoten zurück in ihre Welt"? *Was* sollte ich schreiben, damit der Finstere Jäger mitsamt seinen Frettchen auf Nimmerwiedersehen verschwand? Er war doch gerade dabei, sich ohne meine Geschichte in unserer Welt einzurichten ... Vor mir ragten dicht an dicht die Bäume. Um da durchzukommen, brauchte es so was wie eine Zauberaxt.
Wenn überhaupt, dann fand ich die im *Herrn der Frettchen.* Ich musste mir die Geschichte noch einmal genau besehen. Zum Glück gab es sie ja noch. Dank meiner Voraussicht (na ja, wohl eher dank meiner Sicht in Dingen der Vorratshaltung) existierte sie nach wie vor als *FGK (Freddys Geheime Kopie)* im Notebook.
„Sir William", sagte ich. „Wir müssen die Welt retten. Zumindest die der Familie von Ostereck. Auf zum Schloss!"
In der Halle waren Kurt und Lena unter Anleitung von Berta noch damit beschäftigt, die Liegen aufzustellen. Als Sir William mit mir Richtung Turmaufgang lief, hielt Lena inne und blickte mit gerunzelter Stirn hinter uns her.
Oben in unserem Turmzimmer sprang Sir William auf den Tisch und ich ließ mich von ihm herab. Jetzt rasch das Notebook hochfahren und dann ...
Das Notebook war weg.
Der Tisch war vollkommen leer.

„Berta hat wohl heute hier sauber gemacht", vermutete ich.
Sir William sah sich mit scharfem Auge im Zimmer um. „Ich kann aber nirgendwo etwas entdecken, das einem Notebook ähnlich sähe."
„Dann hat es Master John. Würdest du bitte …?" Sir William war schon unterwegs. Er sprintete die Treppe zu Master Johns Zimmer hoch und verschwand durch die angelehnte Tür. Nach einer Weile hörte ich ihn miauen und darauf Master John sagen: „You want me to come with you?" Erneutes Miauen und die beiden kamen die Treppe herunter.
„Bei Master John ist es auch nicht", sagte Sir William. „Ich glaube, Bester, ich mache mich mal auf die Suche." Er verschwand durch die Tür nach draußen.
Master John entdeckte sofort, dass das Notebook fehlte. Er blickte sich im Zimmer um. „Und du weißt nicht, wo es sein könnte?", fragte er. Ich schüttelte den Kopf. „Strange", murmelte er. „Who could … Yes, come in, please!" Es hatte geklopft.
Die Tür wurde aufgestoßen und es erschien – Lena.
Vor sich, mit beiden Händen, hielt sie das Notebook.
Master John betrachtete sie mit hochgezogenen Augenbrauen.
„Ich habe es mir mal …", begann sie. Doch plötzlich schüttelte sie den Kopf. „Quatsch. Ich habe es versteckt."

„Mhm.“ Master John nickte. „Damit Freddy auf keinen Fall mit seiner Geschichte neu anfängt?“

„Nein“, sagte Lena. „Sondern damit er nicht mit ihr weitermacht. Ich vermute, dass er irgendwo im Notebook eine geheime Kopie gespeichert hat.“ Zu mir sagte sie: „Tut mir Leid, Freddy. Aber es musste sein.“

Weil ich ein leichtfertiger Hamster bin, dem man nicht vertrauen kann? Sorry, Mädel, aber das nehme ich dir krumm. Da hilft dir auch dein (zugegebenermaßen überirdischer) Kamillenblütenduft nichts.

„Freddy.“ Lena sah mich ernst an. „Gestern bin ich zu dir gekommen und habe dich gefragt, ob du weitergeschrieben hast.“

Richtig. Und ich habe offen und ehrlich mit „Ja“ geantwortet.

„Dann hast du gefragt, ob der Finstere Jäger jemandem erschienen ist. Und ich habe mit ‚Nein‘ geantwortet.“

Wieder richtig. Und die Frettchen sind auch nicht aufgetaucht. Deshalb bin ich ja noch immer der Meinung, dass …

„Es war nicht die Wahrheit. Der Finstere Jäger *ist* in dieser Nacht jemandem erschienen.“ Lena machte eine Pause. Dann sagte sie:

„Er war bei mir.“

Lena war nicht nur das Mädchen, das alle Freddy-Bücher aufmerksamst gelesen hatte und hamsterparadiesisch nach Kamillenblüten roch. Sie war noch dazu das Mädchen, dem ein Untoter erschienen war. Und das dabei die Nerven behalten hatte.

„Na ja. Irgendwie war gleich klar, dass der Finstere Jäger mir nichts tun wollte. Sondern bloß etwas sagen."

„Hast du ihn denn verstanden?", fragte Master John. „Dein Vater sagte, er spreche ein sehr altertumliches Deutsch."

Lena nickte. „Keine Chance, den zu verstehen. Obwohl er sich ein bisschen so anhörte wie die Bauern im Dorf. Aber was er von mir wollte, hat er nicht gesagt. Sondern er hat es gezeigt."

„Gezeigt?", fragte Master John. „Ist es so, wie ich vermutet habe? Er kann uns Bilder zeigen?"

„Ja, das kann er. Erst habe ich mitten im Zimmer Freddy gesehen, wie er am Notebook schrieb. Er war ganz echt und lebendig. Dann erschienen Vater und Kurt. Auch ganz echt. Und zuerst auch lebendig. Aber dann hat Freddy zu schreiben aufgehört. Und da wurden Vater und Kurt starr und bleich …" Lena verstummte. Plötzlich streifte mich, schwach aber unverkennbar, der Geruch nach Angst. Und Lenas Augen hatten zu flackern begonnen: Es spiegelte sich in ihnen, wie ihr zumute gewesen war. Sie hatte nicht die Nerven verloren. Aber sie war nahe dran gewesen.

„Du bist ruhig geblieben", sagte Master John. „Vermutlich hat er dir deshalb nichts getan. Das hast du gut gemacht."

Lena atmete tief ein und ihr Geruch nach Angst verschwand. „Jedenfalls war klar, was das alles heißen sollte: Wenn Freddy aufhört zu schreiben, bringt der Finstere Jäger Vater und Kurt um.“
Moment mal.
Ich deutete auf das Notebook und Master John klappte es auf. Ich startete das Schreibprogramm und gab ein: „Wie sollte er das denn machen? Er konnte doch nur dann erscheinen, wenn ich an der Geschichte schrieb.“
„War das so sicher?“ Lena sah mich an. „Und wenn ich einen gewissen Nager gebeten hätte, aufzuhören zu schreiben? Wäre denn Verlass darauf gewesen, dass er’s wirklich tut?“
Schon wieder der leichtfertige, verantwortungslose Hamster! Auf dem ritt sie ja geradezu herum! Mein Fell hatte sich mäßig, aber deutlich gesträubt. Verstimmt begann ich mich zu putzen. Doch da kam eine Wolke Kamillenblütenduft geschwebt und hüllte mich ein. Augenblicklich glättete sich mein Fell.
„Außerdem durfte ich dir nichts verraten“, fuhr Lena fort. „Der Finstere Jäger hat mir nämlich dann noch gezeigt, dass er Vater und Kurt auch umbringt, wenn ich irgendjemandem von seinem Erscheinen erzähle.“
Ich gab ein: „Und da warst du in einer Zwickmühle.“
„Genau. Ich durfte dir nichts sagen. Aber du musstest aufhören zu schreiben.“
„Also blieb dir bloß eines übrig.“

Lena nickte. „Deine Geschichte zu löschen." Sie hob die Schultern. „Hat nur leider nichts gebracht. Ein gewisser Nager war wohl vorsichtiger, als ich gedacht hatte." Sie lächelte.

„ :-) ", gab ich ein. „Selbstverständlich habe ich eine geheime Kopie angelegt. Das Prinzip Vorsorge, weißt du? Intelligent und vorausschauend – so sind wir Hamster nun mal."

Lena lachte. „Besonders wenn sie Freddy heißen, was?"

Eine neue Wolke umwehte mich. Ich richtete mich auf und sog den balsamischen Duft durch die Nase. Meine Schnauzhaare vibrierten auf das Angenehmste.

Master John sah zwischen uns beiden hin und her. „Well", sagte er, „dann also bis später." Er ging zur Tür. „Ich will mit deinem Vater reden, Lena. Wir mussen uberlegen, was wir machen, wenn uns die Untoten angreifen sollten."

Rasch deutete ich in seine Richtung und Lena verstand. „Master John!", rief sie. „Freddy hat noch was."

Master John kam zurück

„Meister", ließ ich auf dem Bildschirm erscheinen. „Ich weiß, wie wir mit den Untoten fertig werden."

Er starrte auf den Bildschirm. „Really?" Er zog einen Stuhl heran und nahm Platz. „Okay, Kid. Let me know."

Ich schilderte nun, auf was mich Baron von Nase gebracht hatte (den Baron selber ließ ich weg. Es wäre zu umständlich gewesen, Master John erst über die Kaninchen, dann über den Baron und endlich darüber aufzuklären, dass der bloß auf seine geniale Idee gekommen war, weil er zwar den Wald, aber nicht die Bäume gesehen hatte). Am Ende gab ich ein: „Allerdings weiß ich noch nicht, *was* ich schreiben muss, um den Finsteren Jäger und seine Frettchen für immer in ihre Welt zurückzuschicken."

„Hm." Master John überlegte. Nach einer Weile begann er, langsam den Kopf zu schütteln. Dann sagte er: „It won't work."

„Was?"

„Es wird nicht funktionieren. Look, Kid. Die Untoten brauchen deine Geschichte nicht mehr, um bei uns zu erscheinen. Warum also sollten sie sich mit ihr wieder wegschicken lassen?"

Im Grunde bestätigte er bloß meine Zweifel. Aber was ein Hamster mal eingesammelt hat – eine geniale Idee etwa –, das rückt er so leicht nicht wieder raus. „Meister", tippte ich und versuchte, im Folgenden hamstergoldene Zuversicht durchklingen zu lassen, „mein Gefühl sagt mir, dass es irgendwo – in meiner Geschichte oder sonst wo – einen Schlüssel gibt. Eine Art Zauberspruch. Den werde ich aufspüren. Und dann jage ich die Untoten zum Teufel."

„Well, well." Master John sah mich an. Dann begann er erneut, langsam den Kopf zu schütteln. Und darauf sagte er: „No!"

„Was heißt das?“
„Das heißt: Du tust nichts dergleichen.“ Master John sprach jetzt mit großem Nachdruck. „Wir können nicht vorhersehen, was geschieht, wenn du wieder an deiner Geschichte schreibst. Es kann etwas ganz Furchtbares sein.“ Er blickte vor sich hin. „Nein“, sagte er dann. „Das Risiko ist zu groß.“ Er fixierte mich. „Und deshalb wirst du auf keinen Fall – hörst du? –, auf gar keinen Fall versuchen, die Untoten wegzuschicken. – Das ist ein Verbot. Haben wir uns verstanden?“
„Ja, Meister.“
„Muss ich, um sicher zu gehen, das Notebook wegsperren?“
Weiß der Bussard. Irgendwie schien es Mode geworden zu sein, in mir den pflichtvergessenen Hamster Leichtfuß zu sehen. „Nein“, gab ich kurz angebunden ein.
„Lena“, sagte Master John. „Kann ich auf dich zählen? Ihr versucht nichts?“
Lena nickte. „Versprochen.“
„Okay.“ Master John erhob sich und ging zur Tür. Dort blieb er stehen. „Er kann also wirklich Bilder heraufbeschwören“, sagte er mehr zu sich als zu uns. „Zumindest solche aus der Gegenwart. Falls er auch in der Lage ist, uns Bilder aus seiner Vergangenheit zu zeigen – well, da sage ich wie Berta: Dann gnade uns Gott.“ Er nickte bekräftigend und verließ das Zimmer.

Okay. Jetzt rasch *Freddys Geheime Kopie* geöffnet. Zwar wollte ich mich natürlich an Master Johns Verbot halten. Aber ich hätte doch gern gewusst, ob sich in meiner Geschichte tatsächlich so etwas wie ein Zauberspruch verbarg.

Und da war er plötzlich wieder. Der Geruch nach Angst. Ich sah zu Lena hin.

Sie stand und starrte aus flackernden Augen.

17. Kapitel

Lena stand und starrte aus weit geöffneten, flackernden Augen vor sich in die Luft.

Nach einiger Zeit sagte sie langsam: „Er *kann* es. Der Finstere Jäger kann Bilder aus seiner Vergangenheit zeigen. Ich habe eines gesehen.“ Mit einmal schüttelte sie heftig den Kopf und der Geruch nach Angst verflog. „Wenigstens glaube ich das.“

„Du weißt es nicht genau?“

„Es war verschwommen. Und es erschien nur kurz. Ich dachte, ich hätte mir das Ganze eingebildet.“ Sie blickte zur Tür, wo Master John verschwunden war. „Erst eben ist mir aufgegangen: Es könnte ein Bild gewesen sein, das vom Finsteren Jäger stammte.“

„Was hast du denn gesehen?“

„Na ja. Viel habe ich nicht erkennen können. Auf alle Fälle waren da eine Menge Leute, Frauen und Männer, alle so altertümlich angezogen wie der Finstere Jäger.

Sie drängten sich um einen großen Holzbottich. Was da drin war, konnte ich nicht sehen. Aber es gab Männer, die mit Stangen in dem Bottich gestochert haben. Und das hat mir Angst gemacht, ich weiß nicht, warum.“ Lena blickte ins Leere. Dann sagte sie: „Das war’s. Mehr habe ich nicht gesehen.“
„Und was, denkst du, hat das Bild gezeigt?“
Lena hob die Schultern. „Keine Ahnung. Vielleicht haben die Leute ein Fest gefeiert oder so was. Hast du denn keine Idee?“
„Sorry.“ Ich hatte keine Idee. Was mich jetzt, während ich dies schreibe, ein wenig wundert. Aber, wie Urgroßmutter zu sagen pflegte: Wenn man vom Rädchen kommt, ist man klüger.
Nun gab ich ein: „Ich werde jetzt …“ Aber da hielt ich inne. Ich sollte wohl besser warten, bis Lena das Zimmer verlassen hatte. Andererseits: Ich hatte nichts Verbotenes vor. „Ich werde jetzt meine Geschichte auf den Bildschirm holen“, fuhr ich fort und erklärte Lena wozu.
„Und wenn du den Zauberspruch wirklich findest?“, fragte sie gespannt. „Ich meine: Was tun wir dann?“
Schau, schau. Offenbar konnte sie sich vorstellen, Master Johns Verbot zu missachten. Und ich? Hm. Jetzt gab ich erst mal ein: „Darüber reden wir, wenn es so weit ist.“
Und dann ließ ich auf dem Bildschirm *Freddys Geheime Kopie* erscheinen. Sofort speicherte ich sie neu als *Der Herr der Frettchen.*

Genau in diesem Augenblick hörte ich, dass hinter mir die Zimmertür aufgestoßen wurde. Master John?! Blitzschnell wollte ich die Geschichte verschwinden lassen … Nein, zum Bussard! Ich hatte sie ja wirklich nur ansehen wollen. Ich wendete mich um.
In der Tür stand Kurt.
„Hier also bist du“, sagte er zu Lena. „Drückst dich wohl vor dem Liegen-Aufstellen?“
„Quatsch!“, fuhr Lena ihn an. „Wir sind doch fast fertig.“
„Reg dich ab. War bloß ein Witz.“ Kurt kam zum Tisch. „Hey, Freddy“, sagte er und deutete auf den Bildschirm. „Ist das deine Geschichte?“ Er grinste. „Willst du den Finsteren Jäger wegschicken?“ Er drohte mit dem Finger. „Das ist verboten!“
Ich starrte ihn an.
„War bloß ein Witz.“ Kurt lachte. „Ich habe mitgekriegt, wie Master John es Vater erzählte.“ Er wurde ernst. „Keine Angst, ich halte dicht.“
„Das ist ja wohl das Mindeste“, sagte Lena. „Aber jetzt lass deine Witze, ja?“ Und als Kurt genickt hatte: „Außerdem liegst du falsch. Freddy will nichts Verbotenes tun. Er sucht bloß nach etwas.“ Sie erzählte, dass ich in der Geschichte eine Art Zauberspruch vermutete, mit dem ich die Untoten tatsächlich in ihre Welt zurückschicken könnte.
„Hm.“ Kurt las im Text, der auf dem Bildschirm stand. „Das meiste davon hast du dir ausgedacht, stimmt's?“

Ich öffnete auf dem Bildschirm ein zweites Fenster und schrieb: „Stimmt. So ist das nun mal bei Erzählungen."
„Also, wenn ich nach etwas suchen täte, das wirklich funktionieren soll, dann bestimmt nicht in einer ausgedachten Geschichte. Sondern in etwas, das echt passiert ist."
Offenbar war der Knabe Kurt nur für kurze Zeit ein Fan spannender Erzählungen gewesen und wieder zum Sachbuch zurückgekehrt. „Und wo bitte soll ich suchen? Hast du vielleicht eine Idee?"
„Hab ich", nickte Kurt.
„Was?"
„Ich *habe* eine Idee."
„Tatsächlich? Da bin ich aber gespannt."
„Ich wundere mich, dass du nicht selber darauf gekommen bist." Kurt machte eine Pause. Offenbar wollte er die Spannung erhöhen. „Ist doch klar, dass du in einem ganz bestimmten Buch suchen musst. Na? Keine Idee, welches ich meine?"
Ich hatte mich geirrt. Der Knabe Kurt war noch immer ein Fan spannender Erzählungen. „Welches???"
Da sagte Kurt: „Das, von dem mein Vater gesprochen hat. Die Chronik der Grafschaft von Ostereck. Die in der alten Schloss-Bibliothek."

Schloss-Bibliothek – das klang nach einem weiten Saal mit hochragenden Regalen, auf denen Massen von Bü-

chern standen, eines neben dem anderen, und alle Buchrücken trugen Schildchen, die sauber mit Buchstaben und Zahlen beschriftet waren.
Die Bibliothek von Schloss Ostereck war eine kleine Stube mit einem zerschlissenen Sofa, einem wackligen Tisch und zwei Bücherborden. Die Bücher darauf waren alt und verstaubt. Keines trug ein Schildchen.
„Oje“, seufzte Lena. „Alle Bücher ohne Signatur.“
„Signatur?“, fragte Kurt.
„Buchstaben und Zahlen auf dem Buchrücken. Das ist das Kennzeichen eines Buches. Und das steht auch auf einer Karteikarte, zusammen mit dem Buchtitel. So kann man ein Buch schnell heraussuchen. Aber wir müssen nun jedes Buch in die Hand nehmen und den Titel lesen.“ Sie seufzte wieder. „Und es sind mindestens hundertfünfzig.“
Die Bibliothek lag abgeschieden am Ende des Ganges, in den die Turmtreppe mündete. So hatten wir zu ihr gelangen können, ohne durch die Halle zu müssen, wo wir möglicherweise von einem der erwachsenen Menschen aufgehalten worden wären.
Unterwegs waren wir Sir William begegnet, der es erfreulich fand, dass das Notebook wieder aufgetaucht war. Und noch erfreulicher, dass er davon erfahren habe. Nun könne er seine vergebliche Suche abbrechen und sich am Kaninchenbau postieren. „Vielleicht, Bester“, hatte er mit einem etwas trüben Lächeln ge-

sagt, „wirke ich ja doch ein kleines bisschen abschreckend auf die Frettchen.“
Es war inzwischen dämmerig geworden. In der Bibliothek gab es kein Deckenlicht, zum Glück aber eine, wenn auch funzelige, Tischlampe; Kurt knipste sie an.
„Hey! Das muss es sein!“ Er griff sich von einem der Borde ein dickes Buch, das in Leder gebunden war. „Das mit dem Schweinsleder.“ Er schlug das Buch auf. „Aber – das kann ja kein Schwein lesen!“ Er legte das Buch auf den Tisch und zeigte auf den Titel. Er lautete: Merkwürdige und sonderbare Blut=Urtheile aus alter Zeit.
„Das ist Fraktur-Schrift“, sagte Lena. „So sind alle diese Bücher hier gedruckt.“ Sie hatte mich inzwischen auf den Tisch gesetzt und das Notebook aufgeklappt. Ich startete es und gab ein: „Es ist wirklich die Sammlung, aus der ich den Fall mit dem Finsteren Jäger habe. Der Buchtitel heißt …“ Und ich ließ ihn auf dem Bildschirm erscheinen.
„Cool.“ Kurt begann zu blättern. „Und wo ist dein Fall?“
Da sagte Lena: „Wir sollten erst mal die Chronik suchen, okay? Ich durchsuche das Bücherbord hier. Und ihr das andere.“
Die Bücher aus diesem Bord legte mir Kurt aufgeschlagen auf den Tisch und ich las die Titel.
Als Erstes eines aus dem Jahre 1778: Kürzere Kanzelvorträge auf alle Sonntage eines ganzen Jahres zum Gebrauch für Seelsorger besonders auf dem Lande von P. Ph. Geier,

Pfarrer in der Grafschaft Ostereck. Ich schüttelte den Kopf und Kurt stellte das Buch zurück.
Dann ein Büchlein von 1822: Allgemeine Maaß=, Gewichts= und Münzkunde für die Grafschaft Ostereck mit Rücksicht auf angränzende Staaten. Junge, Junge. Diese Suche entpuppte sich ja als grottenöder Job.
Nun eine dicke, ledergebundene Schwarte von 1731: Merkwürdige und sonderbare Blut=Urtheile ... Ich richtete mich auf. Es wurde Zeit, dem Knaben Kurt wegen wiederholten Hamsterfoppens die gelbe Karte zu zeigen.
„Reg dich ab.“ Kurt grinste. „War bloß ein Witz.“
Ich sauste zum Notebook und gab „ :-(“ ein.
Da kam von Lena: „Würden die Herren sich freundlicherweise ihrer Aufgabe widmen?“
Das nächste Buch war wieder eine Schwarte, allerdings nicht in Leder gebunden. Und es sah ziemlich ramponiert aus. So, als hätte jemand es für buchfremde Zwecke benutzt – als Unterlage für ein zu kurzes Tischbein etwa. Na schön, schauen wir mal. Das Buch war von 1783 und der Titel lautete: Denkwürdiges aus der Grafschaft Ostereck, zur Erbauung so wie zur Belehrung fleißig gesammelt und nach der Chronologia geordnet von P. Ph. Geier. Hm. Klang nicht uninteressant. Aber konnte das die Chronik sein? Moment – Geier? Richtig, der Pfarrer. Hey! War’s nicht ein Pfarrer gewesen, der sie geschrieben haben sollte? Ich blätterte einige Seiten weiter. Unter einer Chronik stellte ich mir eine Art

Geschichtsbuch vor. Doch war das hier wohl eher eine Sammlung von Storys. Ich wollte mich ungern vor Kurt mit einem falschen Alarm blamieren. Allerdings machte mich das Wort ‚Chronologia' stutzig. Okay, Freddy, riskier's! Ich lief zum Notebook. „Kann sein, dass wir was haben", schrieb ich und ließ den Titel auf dem Bildschirm erscheinen.

„Das muss sie sein!", rief Lena. „Wir haben sie, die Chronik!"

„Was heißt ‚Chronologia'?", fragte Kurt.

„Na ja, fast das Gleiche wie Chronik. Und eine Chronik schreiben heißt: über geschichtliche Ereignisse in zeitlicher Reihenfolge berichten. – Glotzt nicht so!" Lena funkelte uns an. „Das habe ich mal im Lexikon nachgeschlagen. Okay?"

Okay, Lena. Je klüger das Mädchen, desto ehrenvoller für den Hamster, der sich in seinem Kamillenblütenduft baden darf.

Lena hatte in der Chronik zu blättern begonnen. „Die Sache war im Jahre 1593, nicht wahr?" Ich nickte und sie blätterte. „Ah, hier. Anno Domini 1545, darauf 1567 und dann –", sie schlug eine Seite um, „– Anno Domini 1601 … Moment mal." Lena blätterte zurück. „Scheiße. Da fehlt ein Blatt."

Ich brauchte einen Moment, bis ich begriff.

Dann jedoch sauste ich zum Buch. Links war die Überschrift Anno Domini 1567. Der Text auf der rechten Seite war also die Fortsetzung von der fehlenden Seite. Ich überflog ihn – und da hatte ich ihn, den Finsteren Jäger. Ich rannte zum Notebook zurück und ließ auf dem Bildschirm erscheinen: „Der Finstere Jäger! Rechte Seite oben!“

„Klasse“, sagte Lena. Und begann zu lesen. Ich lief wieder zum Buch und las mit

„Hey!“, rief Kurt. „Das könnt ihr nicht machen! Ich will auch wissen, was da steht.“

Da las Lena laut vor und ich las mit (immer ein Stückchen voraus):

Obschon es nur unvernünftige Tiere gewesen, so haben die Leute an ihnen nicht wie Christenmenschen gehandelt. Indessen ist dies Geschehnis viel beredet worden und bis auf unsere Zeit, wie auch der ganze endliche Gerichtstag, im Gedenken der Menschen hiesigen Landes geblieben.

Jetzo aber war es an der Zeit, daß der freventliche Wilddieb seine harte, nichtsdestoweniger wohlverdiente und gerechte Strafe empfange. Auf Befehl Seiner Gräflichen Gnaden übergab man den Finsteren Jäger dem Henker, welcher ihn gebunden unter den Galgen gestellt.

Doch hat der Arme Sünder seine Strafe nicht reumüthig ausstehen wollen. Verschwur sich vielmehr gotteslästerlich und schrie laut, er wölle im Tode und in der Ewigkeit so lange keine Ruhe finden und auch nicht geben, bis daß solches Unrecht, so ihm angetan, an seinem Richter oder an des Richters Nachfahren gerächet sey.

Unangesehen seines unbußfertigen und lästerlichen Schwures ist er alsdann ohne Anstände die Leiter emporgestiegen, von welcher der Henker ihn herabgestoßen, so daß er am Strick vom Leben zum Tode gerichtet worden.
Es zog aber just da ein gräulich Wetter herauf, und alsbald fuhren Blitze in großer Zahl vom Himmel zur Erde hernieder und gewaltige Donnerschläge erdröhnten, also daß alles Volk sich fürchtete und flüchtend sich zu retten trachtete. Doch da erhob Seine Gräfliche Gnaden lauthals die Stimme und befahl dem Volk umzukehren und den Finsteren Jäger zu betrachten, wie er am Galgen hinge zum abscheulichen Exempel für alle. Justament in diesem Augenblick...
Halt! Stopp! So schnell ich konnte, rannte ich zum Notebook. „Halt! Stopp! Nicht weiterlesen!"
Lena hielt inne. „Freddy?"
„Um Himmels Willen nicht weiterlesen!", gab ich ein. „Das könnte den Finsteren Jäger herbeirufen."
Lena und Kurt starrten erst den Bildschirm an und dann mich.
„Es wäre zu früh. Ich muss erst überlegen, wie ich es mache."
„Freddy", sagte Lena langsam. „Wovon genau sprichst du?"
„Wovon ich spreche? Na, von dem, was im Buch jetzt folgt. Ich spreche davon, wie ich den Finsteren Jäger wegschicken kann. Ich spreche „vom **Zauberspruch**."

18. Kapitel

Lena und Kurt starrten auf den Bildschirm.
Nach einer Weile sagte Lena: „Freddy, du weißt, was du da geschrieben hast?“
„Natürlich … äh, was meinst du genau?“
„Du hast geschrieben, dass du es machen willst. Nämlich den Finsteren Jäger wegzuschicken.“
Tatsächlich. Da stand es. Klipp und klar. Ich hatte die Entscheidung gefällt, ohne darüber nachzudenken. Nein, falsch.
Es war nichts zu entscheiden gewesen. Denn es gab nur die eine Möglichkeit.
Da sagte Lena: „Was ist mit Master Johns Verbot?“
„Sieh dir das Ende des Berichtes an. Und dann sag selber.“
Lena besah sich den Rest des Textes, den sie noch nicht vorgelesen hatte. Wenn sie damit durch sein würde, hatte sie die Wahl zwischen genau drei Antworten. Die

erste: Wir halten uns an das Verbot. Die zweite: Wir fragen Master John. Die Dritte …
„Wir machen es. Und zwar ohne Master John vorher zu fragen."
Tja. Lena war nicht nur das Mädchen, das alle Freddy-Bücher aufmerksamst gelesen hatte und hamsterparadiesisch nach Kamillenblüten roch. Sie war noch dazu das Mädchen … Aber ich glaube, so was Ähnliches habe ich schon mal geschrieben. Jedenfalls: Ich konnte zu ihrem Entschluss nur nicken. Trotzdem fragte ich: „Warum meinst du das?"
„Was da steht, ist nicht bloß ein Zauberspruch. Es ist eine Art Rutschbahn für den Finsteren Jäger. Wenn wir ihn da drauflocken können, schlittert er zurück in seine Welt, ob er will oder nicht. Und das müssen wir einfach versuchen. Aber Master John vorher fragen? Sagt er ‚ja', läuft es auf das hinaus, was wir sowieso machen. Sagt er ‚nein', müssen wir es trotzdem tun. Dann lieber ohne zu fragen."
„Was ist denn das für eine Rutschbahn?", fragte Kurt. „Könnte ich das vielleicht mal erfahren?"
Lena schüttelte den Kopf. „Wir sollten es nicht aussprechen. Freddy hat Recht: Das könnte den Finsteren Jäger vor der Zeit anlocken."
„Und deshalb", ergänzte ich, „darf es auch keinesfalls auf dem Bildschirm erscheinen. Sorry, Kurt."
Kurt grinste. „Ihr wollt mich ja nur dazu bringen, dass

ich diese dämliche Fraktur-Schrift lerne." Doch dann wurde er ernst und runzelte die Stirn. Und wie Lena wirkte er dadurch älter. „Also gut, Freddy", sagte er. „Ich weiß nicht, womit du den Finsteren Jäger wegschicken willst. Aber ich weiß: Wenn's nicht funktioniert, geht's uns an den Kragen. Vielleicht allen, aber ziemlich sicher Vater und mir. Da hätte ich schon gern, dass wir vorher über das Drum und Dran reden, okay?"

Genau das hatte ich vermeiden wollen. Schließlich war ich es, der den Zauberspruch entdeckt hatte. Vor allem war ich der Einzige, der ihn anwenden konnte. Und jetzt kamen alle möglichen Leute daher, die mir dreinreden und vorschreiben wollten, wie ich es anfangen sollte.

Gut, es waren bloß Lena und Kurt. Mit Lena war es ohnehin etwas anderes. Wo sie mitmachte, konnte der Betreffende sich gratulieren. Als Hamster mit fein besaiteter Nase sowieso. Und Kurt? Wenn ich wie er Angst haben müsste, dass mir ein Untoter den Kopf abriss oder sonst was Nettes mit mir anstellte, also, dann würde ich selbstverständlich Bescheid wissen wollen.

Es war genau da, dass ich die Verantwortung spürte. Sie war mir bis dahin – das gebe ich zu – kaum bewusst gewesen (hatte ich vielleicht doch etwas von einem Hamster Leichtfuß an mir?). Jetzt lastete sie plötzlich auf mir wie Blei. Auf mir, dem kleinem Goldhamster Freddy. Nicht, dass ich mich drücken wollte. Aber ich begriff: Wenn ich nur die geringste Kleinigkeit falsch machte, dann war es um eine Menge Menschen und Tiere geschehen (mich, nebenbei bemerkt, eingeschlossen).

„Hört mal", gab ich ein. „Sollten wir Master John nicht doch einweihen? Bei früheren Abenteuern habe ich die Erfahrung gemacht, dass es gar nicht so verkehrt ist, wenn man ihn … Nein?"

Lena hatte ganz entschieden den Kopf geschüttelt. „Freddy. Mit dem Finsteren Jäger kennst du dich so gut aus wie sonst niemand. Was soll dir Master John da noch raten? Er kann doch nur sagen ‚Mach es' oder ‚Mach es nicht'." Sie sah mich an. „Es sei denn, du willst ihm die Verantwortung zuschieben. Aber das wäre nicht fair."

Stimmte. Eben weil ich mich in dieser Sache viel besser auskannte als Master John.

Also gut. Hiermit übernahm der Goldhamster Freddy die Verantwortung. Für alle Menschen und Tiere auf Schloss Ostereck.

Und da begann mein Herz denn doch zu bubbern. Einen ganzen Zacken schneller bubberte es – was höchst ungesund ist für unsereinen, da Hamsterherzen ohnehin dauernd hochtourig arbeiten. Ich geriet nicht gerade unter lebensbedrohlichen Stress, aber immerhin.

In diesem Moment sagte Kurt: „Freddy, du glaubst, dass der Finstere Jäger erscheint, wenn du ihn mit deiner Geschichte rufst. Aber das muss er ja nicht, oder? Was ist, wenn er gar nicht kommen will?"
Teufel ja! Jetzt blieb mir das Herz fast stehen. Wieso hatte ich daran nicht gedacht? Und einen, der nicht kam, konnte man schlecht wegschicken. Um Kurt (und mich) zu beruhigen, ließ ich auf dem Bildschirm erscheinen: „Er kommt garantiert. Sagen wir – aus Neugier."
„Hm." Kurt wiegte den Kopf. „Und die Frettchen? Wie schickst du die zurück?"
Okay. Er hatte ein Recht darauf, Bescheid zu wissen. Aber diese Fragerei nervte. Ich wollte die Frage gerade mit „Die zwei verschwinden mit ihrem Herrn" abwimmeln, als mir etwas durch den Kopf schoss. „Für die Frettchen gibt es eine extra Lösung", antwortete ich. „Und ich bin sicher, dass ich die schon gesehen habe. Nur fällt sie mir im Moment nicht ein." Ich fügte hinzu: „Das tut sie aber bestimmt, wenn es so weit ist."
Schweigend sah Kurt seine Schwester an. Die hob die Achseln. „Kurt. Du kannst jetzt noch hundert Fragen stellen. Und würdest hundert Antworten kriegen von der Sorte Könnte-so-aber-auch-anders-Sein. Ganz einfach, weil man so was nicht durchrechnen kann wie eine Mathe-Aufgabe." Sie hielt inne. Dann sagte sie: „Also, ich vertraue darauf, dass Freddy das alles gut hinkriegt."

Danke, Lena. Das habe ich jetzt gebraucht.
„Darauf vertraue ich natürlich auch“, versicherte Kurt. Aber ich kann nicht behaupten, dass seine Augen dabei leuchteten.
„Eines aber müssen wir auf alle Fälle klären“, sagte Lena. „Wie kriegt der Finstere Jäger mit, was du ihm sagen willst, Freddy? Also, was du auf dem Notebook schreibst?“
„Er liest es …“, hatte ich antworten wollen. Aber das war natürlich Unsinn. In der Zeit, aus der er kam, hatte ein Bauer oder ein Jäger überhaupt nicht lesen gelernt. „Er ist immer pünktlich erschienen, wenn ich geschrieben habe. Irgendwie kriegt er es telepathisch mit.“
„Ja, *dass* du schreibst“, sagte Lena. „Aber auch, *was* du schreibst?“
Das war in der Tat eher unwahrscheinlich. Tja. Und? Wie weiter? Ich hatte nicht den Schatten einer Ahnung. „Was machen wir nun?“
„Na, Freddy. Das ist doch ganz einfach. Denk doch mal nach.“
Moment … Ich starrte sie an. Sie wollte … ?
Lena nickte. „Ich lese dem Finsteren Jäger vor, was du schreibst.“
„Das willst du tun?! Aber es ist gefährlich für dich!“
„Für dich auch. Also? Einverstanden?“
Ob ich einverstanden war? Was für eine Frage! Ich ließ erscheinen: „Und O:-))B!“ Lena musste lachen.

„Und ich?", kam da von Kurt. „Was kann ich dabei tun?"
„Hier in der Bibliothek kannst du nichts tun", sagte Lena. „Im Gegenteil. Du darfst gar nicht hier bleiben. Du musst in die Halle."
„Denkst du, ich habe Schiss vor den …"
„Nein, denke ich nicht. Aber was ist, wenn Freddy und mir etwas passiert? Dann muss jemand da sein, der Bescheid weiß. Und falls die Erwachsenen vor der Zeit auf die Idee kommen, uns zu suchen, lenkst du sie ab. Okay?"
„Okay." Kurt wirkte deutlich erleichtert. „Mal ehrlich. So richtig scharf war ich auf die Untoten sowieso nicht." Er blickte umher. „Wollt ihr es hier machen?"
Lena sah mich fragend an und ich nickte. Das Bibliothekszimmer lag so abgelegen, dass uns niemand stören würde. Zwar war es weiß Gott kein riesiger Tanzsaal. Aber dafür, dass ein Hamster und ein Mädchen einem Finsteren Jäger und zwei Frettchen mit dem Notebook zum Tanz aufspielten, reichte der Platz dicke (um mal etwas dick aufzutragen).
„Wenn's dich nicht zu sehr nervt, Freddy", sagte Kurt. „Bevor ich gehe, hätte ich noch eine Frage."
„Und die ist?"
„Wie steht's mit dem Akku vom Notebook? Wäre dumm, wenn dir mitten im schönsten Finsteren-Jäger-Wegschicken der Saft ausginge."

Der Akku war noch zur Hälfte aufgeladen. Das würde mit ziemlicher Sicherheit reichen, aber zur Vorsicht schaltete ich das Notebook erst einmal ab. Natürlich nicht, bevor Lena und ich alles Notwendige besprochen und arrangiert hatten.

Es war inzwischen dunkel geworden. Die funzelige Tischlampe schaffte es mit Mühe, denjenigen Teil des Bibliothekszimmers einigermaßen zu beleuchten, wo Tisch, Sofa und Bücherborde standen. Doch der vordere Teil an der Tür lag in unheimlicher Düsternis. Würde dort der Finstere Jäger erscheinen?

Ich hatte jedenfalls Lena gebeten, das Notebook auf dem Tisch so zu drehen, dass ich nicht mit dem Rücken zum Dunkeln schreiben musste. Lena hatte sich auf das Sofa gesetzt, von wo sie den Text auf dem Bildschirm gut lesen konnte und außerdem den Tisch als Barriere vor sich hatte. „Da fühle ich mich ein bisschen sicherer", hatte sie gesagt. „Obwohl das natürlich kein echter Schutz vor dem Finsteren Jäger ist."

Ich dagegen war nun einigermaßen geschützt. Und zwar vor den Frettchen. Sie hatten mir ziemliche Sorgen gemacht. Was, wenn sie vor dem Finsteren Jäger erschienen und mich sofort ansprangen? Jetzt würde Lena versuchen, sie zu verscheuchen. „Da sehe ich kein Problem", sagte sie frohgemut. Sie hatte eben diese Ungeheuer noch nie erlebt. Doch ich schwieg, um sie nicht unnötig zu beunruhigen.

Deshalb auch weihte ich Lena nicht in meine zweite Sorge ein: Würde mir meine Alarmzentrale dazwischenfunken? Und wenn, was würde sie machen? Es gab zwei Möglichkeiten: Entweder riss sie mich hoch in die Drohhaltung – damit konnte ich umgehen. Oder sie warf mich auf den Rücken in die Totstell-Starre – dann war die Aktion „Schick-den-Finsteren-Jäger-Weg" gelaufen. Und zwar dumm. Für uns, meine ich.
Meine größte Sorge aber war ein Gedanke, der Lena offenbar gar nicht in den Sinn gekommen war, sonst hätte sie etwas gesagt. Nämlich: Konnte ein Untoter aus seiner Welt heraus die Welt der Lebenden beobachten? War er in der Lage, zu jeder Zeit sozusagen auf Empfang zu gehen und uns zu belauschen? Wenn das der Fall war – gute Nacht.
Den Finsteren Jäger auf die Rutschbahn zu locken und ihn in seine Welt zurückzuschicken, war dann ein so vergeblicher Versuch wie der, den bekannten Pudding an die Wand zu nageln.
Also, wenn ich alles bedachte …
Okay. Bevor ich vor lauter Bedenken keine Taste mehr drücken konnte – go, Freddy!
Ich nickte Lena zu. Sie nickte zurück.
Und da startete ich das Notebook.
Ich öffnete die Geschichte *Der Herr der Frettchen.*
Gut. Wo war ich stehen geblieben?
… *Und da warteten sie.*

Die Hütte des Finsteren Jägers war voll gestopft mit gräflichen Bewaffneten.

Er hatte nicht geringste Chance zu entkommen …

„Wie soll es weitergehen?", hatte ich an dieser Stelle überlegt. „Schildere ich nun die Gefangennahme des Finsteren Jägers? Oder mache ich besser einen Sprung und erzähle gleich davon, wie der Graf ihn verurteilt?"

Weder noch. Jetzt wollte ich davon erzählen, wie das vom Grafen gefällte Urteil vollstreckt wurde.

Der endliche Gerichtstag war gekommen.

Der Graf hatte die Bauern und Bürger der gesamten Grafschaft zum Rabenstein befohlen, dem Berg mit dem Galgen. Die Frondienste, die seine Untertanen für ihn leisten mussten, hatte er für diesen Tag ausgesetzt. Und er sorgte dafür, dass Würste und Wecken verteilt und Bier und Wein ausgeschenkt wurden. Es gab zwar nicht übermäßig viel von diesen Kostbarkeiten, aber wer leer ausging, war trotzdem guter Laune und sagte sich: „Mit Glück hätte auch ich etwas abbekommen." Außerdem gab es eine Menge zu sehen. Der Graf hatte den bevorstehenden endlichen Gerichtstag nicht nur in der Grafschaft, sondern auch in den angrenzenden Ländern bekannt machen lassen. So waren viele fremde Leute gekommen, auch hatte sich allerlei fahrendes Volk eingefunden, Krämersleute und Gaukler, und am Rabenstein herrschten eine Stimmung und ein Gedränge wie auf dem Jahrmarkt.

Die Kuppe des Berges aber wurde rundum von Wachknechten

abgesperrt. Obschon es dorthin ohnehin niemanden zog. Denn da ragte der Galgen, und dem zu nahe zu kommen, brachte Unglück.
Auch von der Tribüne, die am Rande der Kuppe aufgeschlagen worden war, hielten sich die Menschen fern. Denn auf ihr hatte der Graf mit Familie und Gefolge Platz genommen. Bald würde ein Trompetensignal den Beginn des endlichen Gerichts anzeigen.
Zuvor aber hörte man Trommelschlag. Er kam von einem Platz unterhalb der Bergkuppe, und als die Menschen dorthin drängten, stand in der Mitte des Platzes ein großer Bottich …
Ein großer Holzbottich … Davon hatte Lena erzählt. Ein großer Holzbottich war in dem Bild gewesen, das ihr der Finstere Jäger gezeigt hatte …
„Freddy“, wisperte hinter mir Lena.
Als ich mich umdrehte, deutete sie mit dem Kopf. Ich lief zur Tischkante, schob mich langsam vor und spähte nach unten. Und dort auf dem Fußboden, noch im Bereich des Lampenlichtes, saßen sie.
Die Frettchen des Schreckens waren erschienen.

19. Kapitel

Die Frettchen des *Schreckens*?

Das waren sie im Augenblick bestimmt nicht – meine Alarmzentrale rührte sich nicht. Die Frettchen hockten schlaff auf dem Boden und ihre Mäuler waren geschlossen. Sie fauchten nicht und die Glöckchen an ihren Halsbändern klingelten bloß ein bisschen. Von raubtierhafter Angriffslust keine Spur. Sie mussten mich längst bemerkt haben, aber sie sahen nicht zu mir her. Sie blickten dorthin, wo der Schein der Lampe endete.

Sie blickten ins Dunkel.

Und während ich noch hinunter auf die Frettchen sah und mich über sie wunderte, erschien das Bild.

Es erschien dort, wohin die Frettchen blickten. Aber es war nicht bloß ein Bild. Dort bewegten sich Leute – wie in einem Film. Aber auch ein Film war es nicht. Es war, als sähe man aus der Ferne wirkliche Menschen. Und

man hörte sie. Ein Summen lag in der Luft, hervorgebracht von einer Menge von Leuten.
Jetzt veränderte sich das Bild. Es schien, als würde man wie mit einer beweglichen Kamera hineingenommen. Man kam an Leuten vorbei, alle in der altertümlichen Kleidung, hörte Wortfetzen, Rufe, aber ich verstand sie nicht, und plötzlich hielten wir an.
Und da war der große Holzbottich.
Ich drehte mich zu Lena um. Sie blickte wie gebannt in Richtung des Bildes – kein Zweifel, sie hatte dasselbe vor Augen wie ich. Sie merkte, dass ich zu ihr hinsah, und da nickte sie: Es war tatsächlich der Bottich, den ihr der Finstere Jäger gezeigt hatte.
Der Bottich war brusthoch und so groß, dass Lisas Auto bequem hineingepasst hätte. Eine Menge Leute umstanden ihn, offenbar in erwartungsvoller Stimmung, als gäbe es hier gleich etwas zu sehen. Immer mehr Menschen strömten herbei und am Bottichrand entstand ein heftiges Gedränge.
Und da kamen Männer mit Stangen.
Es mochte etwa ein halbes Dutzend Männer sein und alle trugen sie Lederkappen und lederne Kittel. Man machte ihnen Platz und sie verteilten sich rundum am Bottichrand. Das Gedränge dort nahm zu; auch weiter entfernt standen mittlerweile die Menschen Kopf an Kopf.
Wir wurden tiefer in das Bild hineingenommen, bis

nahe an den Bottich, mitten unter die Leute und in das Gewirr unverständlicher Stimmen. Und wir sahen: Der Bottich war mit Wasser gefüllt. Aber nicht randvoll, sondern es fehlte eine Armeslänge bis zur Kante.
Mit einmal drehte sich unsere Blickrichtung. Und durch eine Gasse, die die Leute bereitwillig, fast ängstlich beflissen öffneten, kamen zwei Männer heran. Vorweg gemessenen Schrittes ein älterer Mann in auffällig bunter Kleidung, ein Schwert an der Seite. Hinter ihm ein jüngerer im Lederkittel. Der hatte einen zugeschnürten Sack geschultert. Und der Sack bewegte sich – *im* Sack bewegte sich etwas.
Plötzlich drang durch das Stimmengewirr, das uns umgab, ein Schrei. Es war ein zweistimmiger, durchdringender Angstschrei, kein menschlicher, und als ich nach unten blickte, standen dort, wo sie erschienen waren, die Frettchen – hochbeinig mit aufgerissenen Mäulern und mit gesträubtem Fell.
Die beiden Männer waren nun herangekommen, und es zeigte sich, dass am Bottichrand ein Podest errichtet worden war. Die zwei bestiegen es, der ältere schien dem jüngeren einen Befehl zu erteilen, und der begann, den Sack aufzuschnüren. Die Menge wurde still. Und da hörte ich Lena flüstern: „Was ist das? Was passiert da?“ Ich drehte den Kopf. Sie starrte aus weit aufgerissenen Augen in das Bild. „Was passiert da?“, wiederholte sie. „Was machen die?“

Die Männer auf dem Podest packten zu zweit den Sack, hoben ihn hoch über das Wasser und schüttelten ihn nach Kräften.
Heraus fielen die Frettchen.
Sie fielen ins Wasser, und während der kurzen Zeit, in der sie fielen, konnte man erkennen, dass ihre Vorderläufe frei waren, ihre Hinterläufe aber zusammengeschnürt.
Als sie aufs Wasser klatschten, schrien die Menschen auf. Man konnte nicht verstehen, was sie schrien. Aber es klang nach: „Es geht los!"
Und es ging los. Die Frettchen tauchten auf, paddelten aus Leibeskräften mit ihren Vorderläufen und schwammen mühsam zum Bottichrand. Aber als sie dort anlangten und sich im Holz festkrallen wollten, stießen Männer mit Stangen sie weg und schoben sie in die Mitte des Bottichs.
Die Zuschauer johlten.
Verzweifelt versuchten es die Frettchen aufs Neue, aber wieder wurden sie zurückgestoßen. Es war klar, womit das alles enden würde.
Und die ganze Zeit über schrien die Leute rund um den Bottich, feuerten die Frettchen an, zum Teil aus grausamer Freude, zum Teil aber, wie man an den Münzen erkennen konnte, die die Besitzer wechselten, weil sie gewettet hatten, wie lange diese Viecher es schaffen würden. Niemand schien Erbarmen zu kennen.

Doch da, plötzlich und alles übertönend, schrie jemand: „Aufhören!“
Lena.
Es war Lena, die geschrien hatte. „Sofort aufhören!“, schrie sie und sprang vom Sofa hoch. Sie sprang vor, am Tisch vorbei und mitten in das Bild. „Habt ihr denn gar kein Mitleid mit ihnen?“, rief sie.
Und genau in diesem Moment verschwand das Bild.
Es verschwand schlagartig rund um Lena – wie ausgeknipst. Unversehens stand sie im Dunkeln; das schwache Licht der Tischlampe reichte nicht bis zu ihr hin.
Es war totenstill.
Und da kam der Geruch.
Es war der Geruch nach Frettchen.
Mein Geruchsspeicher erkannte ihn sofort. Und der Frettchengeruch drang so stechend in die Nase, dass es schmerzte.
Ich spähte nach unten. Da saßen sie, die Frettchen. Sie stanken geradezu verboten, aber das war nun mal ihr Geruch. Sie blickten zu mir hoch und in ihren Augen glitzerte raubtierhafte Angriffslust. Aber sie grinsten. Friss und Biss grinsten mich an – sie wussten, dass ich wusste, was eben passiert war.
„Okay, Jungs“, sagte ich. „Das war’s. Und jetzt verschwindet, ja?“
Die Frettchen sahen sich an. Dann grinsten sie verstärkt – und plötzlich waren sie verschwunden.

Die Frettchen des Schreckens waren in ihre Welt zurückgekehrt.
„In ihre Welt?“, fragte Lena, als ich ihr das mitteilte. „Aber in ihrer Welt waren sie tot.“ Sie starrte mich an. „Heißt das, sie sind jetzt tot?“
„Vermutlich. Aber das sind sie schon seit Jahrhunderten.“
„Stimmt. Kann aber auch sein“, überlegte Lena, „dass sie in die Welt der Untoten zurückgekehrt sind.“
„Das glaube ich nicht. Du hast sie ja sozusagen erlöst.“
„Ich habe sie – was?“, fragte Lena.
Jetzt war es an mir zu starren. Sie wusste nicht, was sie getan hatte!
„Du hast die Frettchen des Schreckens erlöst“, gab ich ein. „Denn du hattest den Zauberspruch für sie.“ Nach einer Pause fügte ich hinzu: „Und jetzt frag um Himmels willen nicht, welcher das war.“

Blieb also noch, den Finsteren Jäger wegzuschicken.
Wir hatten unsere Plätze wieder eingenommen, Lena auf dem Sofa hinter dem Tisch und ich hinter dem Notebook.
Ich war guten Mutes. So glatt, wie das Verschwinden der Frettchen gelaufen war, so problemlos sollten wir auch den Finsteren Jäger abservieren können. Zumal wir ja für ihn schon einen Zauberspruch hatten. Und nun, nachdem er uns das Bild mit dem Bottich gezeigt

hatte, war es keine Frage mehr, dass er erscheinen würde.
Oder war er womöglich schon da?
Ich spähte seitlich am Notebook vorbei ins Dunkle. Nein, noch nicht, soweit ich erkennen konnte. Aber ohnehin würde es Lena mir sagen, wenn er auftauchte.
Ich öffnete nun im Schreibprogramm ein zweites Fenster und schob die beiden jetzt offenen Fenster so zurecht, dass sich auf der linken Bildschirmhälfte dasjenige mit meiner Geschichte befand und auf der rechten das neue, leere. Dahinein schrieb ich: „Lena, im linken Bildfenster schreibe ich meine Geschichte weiter. Rechts, in dieses Fenster hier, gebe ich ein, was ich dir sagen will."
Lena nickte. „Und ich werde mich hüten, das laut vorzulesen. So tricksen wir den Finsteren Jäger aus."
„Also gut", gab ich ein. „Ich mache jetzt mit der Geschichte weiter, okay?"
Doch Lena antwortete nicht. Sie saß mit geweiteten Augen und starrte über mich hinweg. Und da, etwa an der Stelle, wo die Frettchen verschwunden waren, stand er.
Da stand der Finstere Jäger.
Zum ersten Mal erblickte ich den Finsteren Jäger.
Er war riesiger, als ich gedacht hatte. Seine Kleidung aber sah exakt so aus, wie ich sie mir vorgestellt hatte. Auch seinen stechenden Blick und das finstere Gesicht

glaubte ich genau zu kennen. Allerdings ohne diese gruselige grau-grüne Gesichtsfarbe.
Ich hatte die Berichte Kurts, seines Vater, Lenas und Bertas gehört, und während der vergangenen Tage war so oft vom Finsteren Jäger die Rede gewesen, dass er mir ziemlich vertraut war. Vor allem: Ich hatte mit seinem Auftauchen gerechnet.
Wenn ich mir aber vorstellte, er wäre mir, ohne dass ich von ihm gewusst hätte, unvermittelt erschienen – das war im Wortsinne Grauen erregend.
Ich drehte mich zu Lena um. Ihre Augen waren noch immer geweitet, aber sie machte einen gefassten Eindruck.
Plötzlich hörte ich hinter mir:
„Grafentochter! Du hast meine Frettchen fortgeschickt!"

20. Kapitel

Ich wendete mich um.
Wie zuvor stand da groß und düster der Finstere Jäger. Aber seine Miene hatte sich noch mehr verfinstert. Und was er laut und barsch gesagt hatte, war mit einem gefährlich drohenden Unterton dahergekommen.
„Sie haben unserer Sprache gelernt?", fragte Lena verblüfft. Offenbar war ihr der Unterton entgangen.
„Wie du hörst", sagte er, zunehmend aufgebracht. Vermutlich ärgerte ihn, dass Lena „Sie" zu ihm gesagt hatte und nicht „Ihr". So redete man zu seiner Zeit hochgestellte Personen an. Aber das wusste Lena wohl nicht.
Der Finstere Jäger wurde lauter. „Du hast meine Frettchen fortgeschickt. Nicht nur aus eurer Welt. Sondern auch aus der Welt der Untoten." Und dröhnend: „Grafentochter, das habe ich nicht gewollt!"
Er war zornig geworden. Erschrocken sah Lena ihn an. Dann blickte sie zu mir. Der Fachmann für Finstere

Jäger war gefordert! Ich musste ihn besänftigen – irgendwie. „Lena“, ließ ich auf der rechten Bildschirmhälfte erscheinen, „frage ihn: ‚Was *habt* Ihr denn gewollt?‘“ Und Lena fragte es.

„Ich wollte zeigen, wie übel der Graf an mir gehandelt hat. Zuerst das Ersäufen der Frettchen. Aber da hast du dich eingemischt!“ Er wurde immer zorniger. Meine Frage war ein Missgriff gewesen. Ich brauchte ein unverfängliches Gesprächsthema.

Eilig gab ich ein (weil mir nichts Besseres einfiel): „Sag ihm: ‚Hamster Freddy findet, dass Ihr genauso ausseht, wie er sich Euch gedacht hat.‘“ Lena sagte es ihm.

Überraschenderweise funktionierte das. Der Finstere Jäger nickte langsam mit dem Kopf. „Wohl, wohl“, sagte er im ruhigeren Ton. „Nur gleicht der Hamster Freddy nicht einem Hamster. Ich kenne alles Getier in Feld und Flur. Aber einen so gefärbten und vor allem einen so kleinen Hamster habe ich noch nie gesehen.“

Tja. Das musste ich leider so stehen lassen. Es erschien mir unter den gegebenen Umständen wenig sinnvoll, diesem Jäger aus dem 16. Jahrhundert auseinander zu setzen, dass es damals in Europa nur die grobschlächtigen Feldhamster und noch nicht die feingliedrigen syrischen Goldhamster gegeben hatte.

Außerdem wurde er schon wieder ungehalten. „Zeig dich, Hamster!“, befahl er barsch. „Komm hinter dem Leuchtbuch hervor!“ Ich tat es und er herrschte mich an: „Natürlich sehe ich so aus, wie du dir's gedacht hast! Was glaubst du wohl, woher deine Vorstellungen über mich und meine Welt kommen? Was?“

Moment mal ... Sollte, was ich geschrieben hatte ... ?

Der Finstere Jäger nickte. „Alles von mir. Kannst du dich erinnern, wie deine Pfoten zuckten? Ich habe sie dir beim Schreiben geführt.“ Seine Miene verzog sich zu einem Grinsen, was sich in dem grau-grünen Gesicht geradezu schauerlich ausnahm. „Natürlich nicht tatsächlich. Ich kann nicht lesen und schreiben. Aber die Bilder, die du beim Schreiben vor Augen hattest, die habe ich dir eingegeben.“

Das war bitter. Da war man stolz auf seine schriftstellerische Fantasie und dann kamen all die schönen Bilder von einem Untoten. Doch immerhin hatte ich die Bilder in Worte verwandelt. Das macht den halben Schriftsteller aus. Mindestens.

Aber halt! Da stimmte was nicht! Wie konnte er ...

„Wie konnten Sie Freddy die Bilder eingeben?“, fragte Lena. „Sie durften doch erst erscheinen, wenn er angefangen hatte zu schreiben.“

„Kluges Kind.“ Der Finstere Jäger zeigte wieder sein schauerliches Grinsen. „Aber die Welt der Untoten ist nicht gänzlich abgeschnitten von der Welt der Lebenden. Ein wenig vermochte ich auch von dort aus zu bewirken. Und sobald der Hamster anfing zu schreiben, war ich ja hier. Von da an tanzte er nach meiner Pfeife.

– Schluss jetzt mit dem Gerede!“, brüllte er plötzlich. „Ich brauche keinen Hamster mehr, um in eure Welt zu gelangen! Und um das zu tun, was ich tun muss!“ Er war jetzt wieder voller Zorn.

Das Auf und Ab seiner Laune begann mich zu ängstigen. Zwar war ich noch immer zuversichtlich, dass ich ihn mit meinem Zauberspruch würde wegschicken können. Aber dafür musste ich erst mal zum Zuge kommen. Bis jetzt hatten wir bloß auf die Stimmungswechsel des Finsteren Jägers reagiert. Und was, wenn er plötzlich einen Koller kriegte und mich einfach mit der Faust zermalmte? Ich sah mich nach Lena um. Sie wirkte ruhig. Aber ich glaubte zu sehen, dass ihre Augen flackerten.

„Grafentochter! Hamster! Seht her!“ Der Finstere Jäger zeigte ins Dunkel. Und plötzlich, während er noch den Arm ausgestreckt hielt, verschwand er.

Gleichzeitig erschien im Dunkel ein Bild. Wieder war es, als sähe und spürte man die Wirklichkeit. Tatsächlich fühlte ich, dass es drückend schwül war. Und wir sahen die kahle Bergkuppe des Rabensteins mit dem ragenden Galgen. Rund um ihn standen Bewaffnete mit hohen, spitzen Helmen, die mit quer gehaltenen Spießen die Richtstätte absperrten. Davor scharten sich die Menschen. Sie standen Kopf an Kopf an der Absperrung, auf dem ganzen Berghang drängten sie sich dicht bei dicht.

Es war still. Diese riesige Menschenmenge war so still, dass man die Krähen krächzen hörte.
Jetzt wurden wir in das Bild hineingenommen. Wir glitten an schweigenden Leuten vorüber, die die Hälse reckten und dorthin schauten, wohin wir uns bewegten. Und da hielten wir vor der Tribüne.
Es war ein einfaches Holzgerüst, auf das man grob gezimmerte Bänke gestellt hatte, doch die Leute, die darauf saßen, waren vornehm gekleidet, die Frauen in glänzende, üppige Gewänder, die Männer in kunstvoll verzierte Wämser. Vorne, auf wuchtigen Armstühlen, hatte die Grafenfamilie Platz genommen: Die Gräfin mit Sohn und Tochter und vor ihnen, auf einem fußhohen Podest, der Graf selber. Da saß er, groß und schwer, ein wahrer Fleischberg, und er trug trotz der Schwüle ein dick gefüttertes Prachtwams mit gebauschten Ärmeln. Neben dem Grafen stand ein Mann in einfacher Kleidung, der ein Papier zusammenrollte, aus dem er wohl gerade etwas verlesen hatte.
Unten vor der Tribüne, zu Füßen des Grafen, stand der Finstere Jäger. Er war nicht gefesselt, wurde aber von zwei Männern in Lederkitteln flankiert. Und hinter dem Finsteren Jäger wartete der ältere Mann in der auffallend bunten Kleidung mit dem Schwert an der Seite. „Das muss der Henker sein“, hörte ich Lena flüstern. „Wie entsetzlich.“ Ich drehte mich zu ihr um. Sie saß, hatte die Hände vor den Mund gepresst und starrte auf

die Szene. Ich hoffte, dass sie ruhig blieb. Der Finstere Jäger würde mit Sicherheit böse werden, wenn wir sein Bild störten.
Der Graf erhob sich. Er hielt mit beiden Händen einen dünnen weißen Stab. Laut verkündete er etwas in der altertümlichen Sprache, die ich nicht verstand, hielt den Stab hoch und zerbrach ihn. Wir hörten einen dumpfen, vielstimmigen Aufschrei der Menschenmenge.
Jetzt legte der ältere Mann mit dem Schwert an der Seite die Hand auf die Schulter des Finsteren Jägers. Der stand groß und aufrecht unten vor dem Grafen, blickte hinauf zu ihm und sah ihn unverwandt und durchdringend an. Der ältere Mann sagte etwas zu den beiden Männern in Lederkitteln und die banden dem Finsteren Jäger die Hände hinter dem Rücken zusammen. Von irgendwoher ertönte Trommelschlag und der Finstere Jäger wurde zur Richtstätte geführt. Wir blieben an der Tribüne und blickten hinter ihm her, wie er gefesselt zwischen seinen Bewachern über die Kuppe zum Galgen ging.
Es hatte sich mittlerweile Wind erhoben; wir spürten ihn. Und plötzlich zogen Wolken auf, dicke, schwere Gewitterwolken. Die Sonne verschwand, erschien wieder, wurde erneut von Wolken verdeckt.
Und in das wechselnde Licht ragte hoch und drohend der Galgen. Eine Leiter war dort angelehnt, breit und massiv, und von oben hing die vorbereitete Schlinge herab.

Der Finstere Jäger war nun am Galgen angelangt. Er stand direkt unter der Schlinge. Hinter ihm erkletterte der Mann mit dem Schwert die Leiter. Aus der Menge rund um die Richtstätte war kein Laut zu hören. Es war totenstill.

Da flüsterte Lena: „Ich will das nicht sehen." Sie wiederholte lauter: „Ich will das nicht sehen." Und schrie: „Ich will das nicht sehen!" Sie sprang auf, lief in das Bild hinein – und es verschwand. Das Bild des Finsteren Jägers war erloschen.

Doch er selber war wieder da. Er schäumte vor Wut. „Du willst das nicht sehen?!", brüllte er. „Grafentochter, du *musst* das sehen!"

Mit zwei raschen Schritten war er bei ihr, holte aus seiner Gürteltasche eine Schnur heraus und band Lena blitzschnell die Hände zusammen. Sie schien starr vor Schreck. Und als er ein Tuch herauszog, es rollte und befahl: „Mund auf!", tat sie es wie hypnotisiert. Er legte ihr das Tuch in den Mund und verknotete es im Nacken. Dann stieß er sie auf das Sofa und band ihre Füße am Sofabein fest. „So, Grafentochter. Du zerstörst mir kein Bild mehr."

Und ich, auf dem Tisch sitzend, musste hilflos zusehen. Zuerst war ich wie gelähmt, auch im Kopf. Dann aber, als der Finstere Jäger Lena mit dem Tuch knebelte, wurde mir schlagartig klar: Es war aus! Lena konnte, was ich schrieb, nicht mehr vorlesen. Es gab keine Mög-

lichkeit, meinen Zauberspruch an den Mann zu bringen. Vorbei!
Fieberhaft überlegte ich. Körperlich war ich als kleiner Goldhamster natürlich machtlos gegen den Finsteren Jäger. Hilfe konnte ich ebenfalls nicht holen. Und es war auch keine zu erhoffen. Wir hatten ja Kurt extra beauftragt, uns alle Störungen vom Leibe zu halten. Blieb mir bloß: es trotzdem mit dem Zauberspruch zu versuchen. Vielleicht drang er ja, wenn er auf dem Bildschirm stand, irgendwie telepathisch zum Finsteren Jäger durch.
Ich flitzte vor die Tastatur. Wie fing ich am besten an?
Und da wurde ich gepackt. Die riesige Faust des Finsteren Jägers umschloss mich so vollständig, dass ich keine Pfote mehr rühren konnte. Ich versuchte zu beißen, aber da drückte der Finstere Jäger kurz zu und mir blieb die Luft weg. „Ich könnte dich zerquetschen. Aber das mache ich später." Er schien etwas aus seiner Gürteltasche zu holen, ich wurde in das Etwas hineingestopft, es machte „schnapp", und ich saß in einem kleinen Drahtkäfig – einer Mausefalle, mit der man Mäuse lebend fing. Der Finstere Jäger stellte die Falle auf den Tisch und sagte böse: „Du hast mir in eure Welt verholfen. Aber glaube ja nicht, dass ich dich deshalb laufen lasse."
Er wandte sich an Lena: „Und du, Grafentochter, wirst dafür büßen, dass du mir in die Quere gekommen bist. Eigentlich wollte ich dich verschonen. Was nun mit dir

geschieht, hast du dir durch dein törichtes Geschrei selber zuzuschreiben. Dein Vater jedoch und dein Bruder müssen sterben."

Also wollte er Lena nicht töten. Es war da, dass in mir ein Fünkchen Hoffnung erglomm. Egal was – wenn sich *irgendetwas* an unserer Lage änderte, verbesserte das unsere Chancen. Vielleicht gelang es uns ja doch noch, den Zauberspruch an den Mann zu bringen.

Lena saß gefesselt und geknebelt und ihre Augen flackerten. Ich fing wieder ihren Angst-Geruch auf, schwach aber deutlich. Doch sie versuchte, die Nerven zu behalten. Unter dem Knebel kamen Laute hervor, die wie eine Frage klangen.

„Du willst wissen, warum ich deinen Vater und deinen Bruder töten werde?"

Lena nickte.

Da sagte der Finstere Jäger langsam: „Ich habe unter dem Galgen einen Schwur abgelegt. Und der lautete: ‚Ich will im Tode und in der Ewigkeit so lange keine Ruhe finden und auch nicht geben, bis dass solches Unrecht, so mir angetan, an meinem Richter oder an des Richters Nachfahren gerächt ist. So wahr ein Gott im Himmel ist und ein Teufel in der Hölle.' Diesen Schwur muss ich erfüllen."

Lena hob fragend die Schultern.

„Warum ich das muss? Warum ich auf meine Rache nicht verzichten kann?" Der Finstere Jäger blieb ruhig.

Alarmierend ruhig. „Weil mich der Schwur in die Welt der Untoten verbannt hat. In die Welt der Verzweifelten, die nur noch einen Gedanken haben: erlöst zu werden – endlich sterben zu dürfen. Seit damals bin ich dort. Das ist eine sehr, sehr lange Zeit, Grafentochter. Fast eine Ewigkeit." Er hielt inne. „Und es hilft mir nichts", fuhr er fort, „dass ich in eure Welt gelangen kann. Auch hier bin ich ein Untoter." Und tödlich ruhig: „Du siehst, Grafentochter: Es geht nicht anders. Ich muss deinen Vater und deinen Bruder töten." Er stand und blickte auf Lena.

„Schluss jetzt mit dem Gerede!", brüllte er plötzlich. „Jetzt wird getan, was zu tun ist!" Der Zorn hatte ihn so stark wieder übermannt, dass mein Fünkchen Hoffnung zerstob. „Ihr seht euch jetzt das Bild bis zum Ende an! Damit ihr wisst, warum ihr sterben müsst!"

Warum *ihr* sterben müsst …? Moment … Das hatte geklungen, als wäre es an den Grafen und Kurt gerichtet. Aber dann war es sinnlos, das Bild uns beiden hier im Bibliothekszimmer zu zeigen. Oder – konnte der Finstere Jäger es etwa an mehreren Orten gleichzeitig erscheinen lassen? Das hieße …

In diesem Augenblick wurde es hinten an der Tür hell. Die Helligkeit kam von draußen.

Die Tür war geöffnet worden.

Herein kam – Kurt.

21. Kapitel

Es war wirklich und wahrhaftig Kurt.

Da stand er.

Mein Herz tat einen Sprung. *Etwas* hatte sich geändert, ziemlich sogar.

Kurt schloss die Tür und kam in das Licht der Tischlampe.

Aber wieso tauchte er plötzlich bei uns auf? War er verrückt geworden? Er wusste doch, dass er hier auf den Finsteren Jäger stoßen konnte.

Damit hatte er wohl auch gerechnet. Denn als er den Finsteren Jäger erblickte, schien er nicht sonderlich zu erschrecken. Dann aber entfuhr ihm entsetzt: „Lena!"

„Ja, sieh sie dir nur an, deine törichte Schwester. So ergeht es denen, die mir in die Quere kommen." Kurts Erscheinen hatte den Finsteren Jäger offenbar kein bisschen aus der Fassung gebracht. Er zeigte auf das Sofa. „Los! Setz dich!"

Kurt nahm Platz. Dass der Finstere Jäger in moderner Sprache redete, schien er gar nicht gemerkt zu haben. Noch immer entsetzt, starrte er auf Lena, die gefesselt und geknebelt neben ihm saß.

Lena fühlte sich garantiert nicht besonders gut. Aber sie tat jetzt etwas, das ganz große Klasse war: Sie zuckte die Achseln. Nur diese kleine Geste kam von ihr. Doch die hieß: „So ist das nun mal. Aber mach dir keine Sorgen. Das kriegen wir hin."

Und da nickte Kurt. Er atmete tief durch und setzte sich aufrecht.

Dabei streifte sein Blick wie zufällig die Mausefalle auf dem Tisch. Aber wenn mich nicht alles täuschte, zwinkerte er mir ganz kurz zu. Und ich begann mich nun doch zu fragen, was zum Bussard das alles sollte. War er hier nur so hereingestolpert? Oder war es – Teil eines Planes?

Lenas Geste hatte Kurt offenkundig so sicher gemacht, dass er in der Lage war, dem Finsteren Jäger fast neugierig ins Gesicht zu sehen.

Dessen letzter Zornesanfall war noch nicht ganz vorüber. „Was fällt dir ein, hier hereinzukommen?!", schnauzte er. Dann aber sagte er: „Gut, von mir aus. Es ist ja gleichgültig, wo du das Bild siehst." Er nickte grimmig. „Und ich verspreche dir: dieses Mal bis zum Ende."

Und da fragte Kurt: „Bis zu welchem Ende?" Er machte

runde, erstaunte Augen. Anscheinend wollte er das wirklich wissen.
„Bis zum Ende des Bildes!"
„Und was ist das? Ich meine: Womit hört es auf?"
„Na, womit denn wohl?" Dem Finsteren Jäger schwoll schon wieder die Zornesader. „Das kannst du dir doch denken!"
Kurt schaute mit runden Augen.
„Mit dem Hängen natürlich!", brüllte der Finstere Jäger. „Damit, dass mich der Henker von der Leiter gestoßen hat! Mit dem feurigen Blitz, als wäre in meinem Kopf ein Feuerrohr losgegangen! Verstehst du?!"
Kurt nickte. Nun doch ziemlich beklommen.
„Das Letzte, was ich von meiner Welt vor Augen hatte", sagte der Finstere Jäger und sah vor sich in die Luft, „war die Tribüne. Der Graf auf dem Podest. Groß und dick. Sein feistes Gesicht. Sein mordgieriges Grinsen. Mehr habe ich nicht gesehen." Er schüttelte den Kopf. „Leider."
Da sagte Kurt: „Wollt Ihr mehr sehen? Wollt Ihr sehen, wie es weiterging?" (Woher wusste er das mit dem „Ihr"?)
Der Finstere Jäger starrte ihn an. „Wie es weiterging? Nach dem Hängen?"
Kurt nickte.
„Was danach auf dem Rabenstein passierte?"
Wieder nickte Kurt.

Der Finstere Jäger starrte noch immer. „Aber Bilder aus der früheren Welt – die können nur Untote zeigen."
Kurt schüttelte den Kopf. „Manche Lebendige auch. Wenn sie wissen, was passiert ist, können sie davon erzählen. Das ist so gut wie Bilder zeigen. Besser sogar."
„Der Hamster hat meine Geschichte erzählt."
„Genau. Und über Euer Hängen gibt es einen alten Bericht. Deshalb kann Freddy auch davon erzählen."
„Hm." Der Finstere Jäger schien zu überlegen. „Der alte Bericht nützt mir nichts. Ich brauche ein Bild." Darauf sagte er gefährlich ruhig: „Glaube nur nicht, dass du mich einlullen kannst, Grafensohn. Du bist auf alle Fälle des Todes. Du mit deinem Vater." Er sah zu Lena. „Sie hat verstanden, warum ich keine Wahl habe. Und warum ich euch töten muss. Ist das so, Grafentochter?"
Lena nickte. Aber dann machte sie eine kurze, seitliche Kopfbewegung und das hieß: „Mach weiter so."
Kurt machte weiter. Und zwar, wie ich sagen muss, echt cool. Möglich, dass er nicht ganz begriff, wie ernst der Finstere Jäger seine Drohung meinte. Aber das war ja auch mehr, als wir uns vorstellen konnten (ausgenommen Lena vielleicht). Jedenfalls sagte Kurt: „Ihr riskiert doch nichts, wenn Ihr Freddy rauslasst. Oder?"
Der Finstere Jäger schüttelte langsam den Kopf. „Nein." Urplötzlich wurde er wieder zornig. Er brüllte: „Aber wehe, ich kriege kein Bild zu sehen! Dann zer-

quetsche ich ihn!" Darauf öffnete er das Schnapptürchen der Mausefalle (die – aber das wirklich nur nebenbei – verdammt eng und ekelhaft dreckig war) und befahl: „Fang an!"
Ich flitzte zum Notebook. Auf der linken Bildschirmhälfte stand nach wie vor meine Geschichte und in der rechten, was ich Lena mitgeteilt hatte. Darunter ließ ich erscheinen: „Kurt. Sage ihm, dass ich etwas Zeit zum Vorbereiten brauche."
Kurt sagte es ihm und der Finstere Jäger nickte.
„Der FJ kann tatsächlich nicht lesen", schrieb ich nun. Und dann: „*Wieso bist du hier???* – Tippe die Antwort. Wenn der FJ fragt, sage, ich hätte den alten Bericht nicht mehr genau im Kopf. Du aber schon. Du müsstest mir das Wichtigste aufschreiben. O.K.?"
Kurt nickte und tippte: „Die Bilder erschienen in der Halle."
„Finger weg, Grafensohn!", brüllte der Finstere Jäger. Woraufhin ihm Kurt das erzählte, was ich vorgegeben hatte. Der Finstere Jäger musterte ihn misstrauisch. „Na gut", knurrte er endlich. „Aber ich warne dich, Grafensohn. Keine Hinterlist! Und beeilt euch. Meine Geduld hat Grenzen." Er stand ruhig mit verschränkten Armen, aber demnächst würde er wieder aus der Haut fahren.
Wir mussten uns beeilen.
„Weiter!", gab ich ein.

„Da erzählte ich, was ihr hier macht“, tippte Kurt und sah mich schuldbewusst an. Ich nickte rasch mein „okay“, worauf er eingab: „MJ fand, dass beide Bilder vorzeitig zu Ende waren. Da stimmte was nicht! Jemand sollte nachsehen.“

„Ich warte“, kam drohend vom Finsteren Jäger.

„Ich bin gleich fertig mit dem Aufschreiben“, sagte Kurt. Und tippte hastig: „Erwachsene hätte der FJ bestimmt angegriffen, also sollte ich los. Und alles tun, dass du den Zauberspruch schreiben kannst.“

„Was du bestens gemacht hast“, tippte ich (die Zeit für ein Lob sollte immer sein. Und wer wusste das schon? Vielleicht war es das letzte Lob für Kurt). „Nur: Ich bezweifle jetzt, dass der Zauberspruch funktioniert. Weil der FJ Bilder haben will. Wenn er die nicht sieht, glaubt er mir den Zauberspruch nicht. *Und was dann???*“

Kurt hob die Schultern. „MJ, Vater und Berta warten draußen auf dem Gang. Aber was können sie tun?“ Kurt sah mich an.

„Kommt endlich zum Schluss!“ Der Finstere Jäger hatte die Arme sinken lassen.

Kurt tippte: „Du *musst* ihn zurückschicken! Du MUSST!“

„Schluss jetzt!“, brüllte der Finstere Jäger.

In fliegender Hast konnte ich gerade noch eingeben: „Lena soll vorlesen!“, als der Finstere Jäger Kurt packte und ihn zur Seite riss.

„Du betrügst mich!“, brüllte er. „Sage mir auf der Stelle, was da zuletzt im Leuchtbuch geschrieben steht!“
„Wieso nicht?“, meinte Kurt cool und brachte es sogar fertig, mit den Schultern zu zucken. „Da steht: ‚Bitte den furchtbaren Finsteren Jäger, er möge Lena das Tuch aus dem Mund nehmen. Sie muss mein Erzähltes vorlesen. Sonst gibt es keine Bilder.‘“
„Furchtbarer Finsterer Jäger, was?“ Er verzog das graugrüne Gesicht zu seinem schauerlichen Grinsen. „Na schön. Wenn es sein muss, will ich mal nicht so sein.“
Mit zwei Schritten war er bei Lena und nahm ihr den Knebel ab. „So. Und jetzt will ich was sehen. Aber rasch!“
Ich nickte Lena zu, sie nickte zurück und ich gab in unser Bildschirmfenster ein: „Lies bitte langsam vor, was ich erzähle. Aber so, dass es natürlich klingt. Ich will versuchen, so schnell und flüssig wie möglich zu schreiben. Okay?“
„Okay“, sagte Lena.
Nun wechselte ich in das linke Bildschirmfenster zu meiner Geschichte. Ich las, was dort als Letztes stand:
„… großer Bottich …“
Na, *das* wenigstens hatten wir hinter uns. Also dann – auf in die letzte Schlacht.
Ich sammelte mich.
Zuerst wiederholte ich mir, was ich in der Chronik gelesen hatte. Dann versetzte ich mich in das zweite Bild

des Finsteren Jägers. Ich führte mir vor Augen, wie der Graf den Stab brach, wie der Henker seine Hand auf den Finsteren Jäger legte, wie er zum Galgen geführt wurde, der Henker die Leiter erstieg und der Finstere Jäger gefesselt unter der Schlinge stand. Ich hielt mir vor Augen, wie er hinüber zur Tribüne blickte. Und ich erinnerte mich an das wechselnde Licht, an die Gewitterwolken, die sich zusammengeballt hatten.

Ich blickte vom Bildschirm auf. Da stand der Finstere Jäger. Und er sah gespannt zu uns her. Er wollte wirklich wissen, was passiert war, nachdem man ihn getötet hatte. Er wartete auf mein Bild.

Mir wurde klar: Keinesfalls durfte ich etwas beschreiben, was der Finstere Jäger noch erlebt hatte. Falls sich das, was ich schilderte, nicht mit seiner Erinnerung deckte, glaubte er mir auch den Rest nicht.

Ich musste nach seinem Tod beginnen. Direkt danach. Und ich begann zu erzählen.

22. Kapitel

Der Aufschrei der Menge kam in dem Augenblick, als sich schlagartig der Strick spannte, und der Schrei war gewiss bis weit hinaus ins Land zu hören. Und während der Körper des Finsteren Jägers noch hin und herschwang, fingen die Leute aufgeregt an, das zu bereden, was sie gesehen hatten. Über den Rabenstein ging ein Brausen, als fegte ein Sturmwind darüber hinweg.

Auch die Vornehmen auf der Tribüne sprachen erregt miteinander. Sie alle waren aufgesprungen, als der Henker den Finsteren Jäger von der Leiter gestoßen hatte. Alle – bis auf den Grafen. Der war scheinbar ruhig im Stuhl auf dem Podest sitzen geblieben, aber seine Hände hatten sich um die Armlehnen verkrampft. Jetzt saß er zurückgelehnt, schwer und mächtig, ein wahrer Fleischberg, und ließ den Blick über die aufgewühlte Menschenmenge wandern, zumeist Untertanen von ihm, denen er mit der Hinrichtung des Finsteren Jägers ein „abscheuliches Exempel" hatte geben wollen. „So ist es recht", mur-

melte er und ein Lächeln ging über sein feistes Gesicht. „Merkt es euch. So ergeht es jedem, der es wagt, dem Grafen von Ostereck entgegenzutreten." Er blickte hinüber zum Galgen …

Ich warf einen schnellen Blick zum Finsteren Jäger. Er stand regungslos. Und er hörte zu. Mehr noch: Sein Blick war ins Weite gerichtet – er sah ein Bild.

Dort schwang der Körper des Finsteren Jägers noch immer hin und her. Jetzt aber wurde er vom Winde bewegt. Er pendelte im Wind, der sich unvermittelt zum Gewitterwind ausgewachsen hatte. Und die dicken, schweren Wolken, die vorhin, als der Finstere Jäger über die Kuppe geführt worden war, sich erst vereinzelt gezeigt hatten, überzogen nun düster den ganzen Himmel. Es war finster geworden, zum Fürchten finster. Bald würde das Gewitter losbrechen. Die Menschen blickten sich um. Wo konnten sie Schutz finden? Auf dem kahlen Rabenstein gab es keinen. Da und dort begannen die Leute, sich von der Richtstätte zu entfernen.

Der Graf war von seinem Stuhl aufgestanden. Es schmeckte ihm nicht, was er sah. Er hatte diesen endlichen Gerichtstag sorgfältig vorbereitet, hatte ihn zu einer Vorstellung machen wollen, die seine Untertanen so schnell nicht vergessen würden, und nun drohte das Volk einfach davonzulaufen. Er winkte den Herold herbei, der mit seiner Trompete an der Tribüne gewartet hatte.

Wieder blickte ich zum Finsteren Jäger. Er starrte vor sich in die Luft. Und er hatte die Fäuste geballt.

Der Graf zeigte zu den Bewaffneten, die noch immer mit quer gehaltenen Spießen die Richtstätte absperrten. Jetzt sollten sie die Leute daran hindern, den Rabenstein zu verlassen. Der Herold setzte die Trompete an, um den Bewaffneten das Signal dafür zu geben.

Und genau da fuhr der erste Blitz zur Erde.

Er kam direkt aus dem schwarzen Gewölk über dem Galgenberg, zusammen mit einem schmetternden Schlag, der einem schier die Ohren zerfetzte. Und dann folgte Blitz auf Blitz, Donnerschlag auf Donnerschlag, Regen setzte ein, ein Platzregen, der herniederprasselte, als gelte es, eine neue Sintflut heraufzubeschwören.

Die Menschen rannten.

Sie stürzten davon, drängten und drückten, schoben und stießen. Weg hier! Rettet euch! Es war ein Tumult wie auf einem Schlachtfeld. Von der Tribüne flüchteten die Vornehmen, klitschnass in ihren feinen Kleidern, und hatten wie alle anderen nur eines im Sinn: Runter vom Rabenstein!

Allein der Graf stand. Er stand im peitschenden Regen auf seinem Podest, hatte die Arme erhoben und schrie: „Halt!" Er schrie durch Blitz und Donner: „Halt! Ich befehle es!" Mit aller Kraft schrie er in die flüchtende Menge: „Bleibt stehen! Ich befehle es! Ich, euer Herr!"

In diesem Augenblick hörte das Gewitter auf. Es kam kein Blitz mehr vom Himmel, kein Donnerschlag erscholl, nur der Regen rauschte.

Und man hörte: „Ich, euer Herr, befehle euch: Bleibt stehen!"

Einige Leute blieben stehen und sahen zurück.

„Kommt zurück! Euer Herr befiehlt es!“
Mehr Leute hielten an. Und einige kehrten um.
„Wer geht, den werde ich es entgelten lassen! Jeder, der nicht bleibt, wird teuer dafür bezahlen.“
Die meisten hatten angehalten. Und viele kehrten um. Der Regen ließ nach. Es wurde heller …
Ein Stöhnen, tief aus der Brust heraus. Ich blickte auf. Der Finstere Jäger stand mit verzerrtem Gesicht …
Der Graf zeigte zum Galgen, wo der Körper des Finsteren Jägers im abflauenden Wind nur noch schwach pendelte. „Dort seht hin! Dort könnt ihr sehen, wie es einem ergeht, der mir, dem Herrn, nicht gehorcht!“
Der Graf stand und hielt den Arm ausgestreckt.
Am Galgen hing der Finstere Jäger.
Die Menschen blickten zum Grafen. Dann zum Galgen. Darauf wieder zum Grafen.
Und da, aus den immer noch dunklen Wolken, fuhr ein Blitz.
Es gab später einige Leute, die sich damit brüsteten, dass sie gesehen hätten, wie es geschah. Aber das waren die bekannten Schwätzer, die immer meinen, allein sie hätten etwas mitbekommen. Praktisch jedoch hatten es alle gesehen. So gut wie jeder, der damals auf dem Rabenstein war, hatte mit eigenen Augen zuschauen können.
Der Blitz, der da urplötzlich aus den Wolken gefahren kam, zusammen mit einem schmetternden Schlag, der einem schier die Ohren zerfetzte, schlug genau in die Tribüne ein.
Genauer: in das Podest mit dem Armstuhl des Grafen.

Ganz genau: in den Grafen.
Zurück blieb ein Häufchen Asche.
Die Menschen standen starr, wie festgewurzelt. War das …
„Halt!“
Ich hielt inne. Und Lena hörte auf zu lesen.
Ich hielt den Atem an.
Der Finstere Jäger stand starr, wie festgewurzelt. Er sah vor sich in die Luft. Nach einiger Zeit hörten wir ihn flüstern: „War das … die Rache?“ Langsam sagte er: „Ist so das Unrecht, das mir angetan wurde, an meinem Richter gerächt worden?“ Er blickte vor sich hin.
„Ich bin gerächt!“, schrie er plötzlich und warf die Arme hoch. „Der Himmel selber hat mich gerächt!“
Und da atmete ich auf. Wir hatten den Zauberspruch an den Mann bringen können. Wir hatten es geschafft!
Plötzlich kam der Geruch.
Es war ein Geruch, den ich nicht kannte. In meinem ganzen Leben hatte ich so etwas noch nicht gerochen. Es drang ein so furchtbarer Geruch in meine Nase, ein solcher Gestank, dass ich vor Schmerz hätte schreien mögen.
„Was ist das?“ Der Finstere Jäger hatte die Arme sinken lassen. „Was ist das?“, wiederholte er. „Was geschieht mit mir?“ Er stand, als lauschte er in sich hinein.
Der Gestank hatte sich verstärkt. Lena und Kurt rochen ihn jetzt auch. Es stank so entsetzlich, dass die beiden zu keuchen begannen.

Der Finstere Jäger blickte zu uns herüber. „Es ist bald vorbei“, sagte er. „Binnen kurzem werde ich verschwunden sein.“ Er nickte bekräftigend. „Ich darf in meine Welt zurückkehren. Zu den Untoten bin ich verbannt worden, weil ich beim Schwur unter dem Galgen mein Seelenheil für die Rache drangegeben habe. Dafür musste ich büßen.“

Er begann durchsichtig zu werden. „Nehmt es mir nicht übel, wenn ich mich ein wenig finster aufgeführt habe. Aber jetzt kriegt ihr Ruhe vor mir.“

Der Finstere Jäger war nun fast durchscheinend.

Und da zeigte er noch einmal sein schauerliches Grinsen. „Nichts für ungut, Hamster.“ Er hob den Arm und wies in meine Richtung. Das war das Letzte, was ich von ihm sah.

Das Nächste, was ich erblickte, war ein feuriger Blitz.

Den zugehörigen Knall hörte ich nicht mehr.

Denn da war ich schon weggetreten.

23. Kapitel

„Freddy?“

Wer war das? Der Finstere Jäger? Aber warum nannte er mich plötzlich Freddy? Und warum tat mir der Kopf so weh?

„Er hat sich bewegt! Freddy wird munter!“

Munter? Das war wohl nicht ganz das richtige Wort. Tatsächlich war es das falscheste Wort seit … wann, fiel mir jetzt nicht ein. Der Kopf tat wirklich *verdammt* weh! Und was war das für ein Gestank?

„Freddy, mach doch bitte die Augen auf. Ich bin es.“

Lena. Das war Lena. Aber wo war ihr hamsterhimmlischer Geruch nach Kamillenblüten? Sie roch nach verbranntem Kunststoff. Und nach etwas ganz Furchtbarem …

Nach Finsterem Jäger!

Ich riss die Augen auf.

„Endlich, Freddy!“

Da stand Lena. Sie lächelte auf mich herunter. Wo lag ich? Auf dem Tisch in der Bibliothek. Und rundherum standen außer Lena noch Kurt, der Graf, Berta und Master John. Der allerdings stand nicht, sondern hatte sich auf das Sofa gesetzt.
„Hello, Kid“, sagte er und nickte mir zu. „Das war gute Arbeit. Der Finstere Jäger ist weg. Alles ist okay.“
Na, bestens. Und was war mit meinen Kopfschmerzen? Warum gab meine Nase falsche Signale? Dieser Gestank konnte unmöglich echt sein …
„Well“, sagte Master John. „Was du riechst, ist erstens der Rest vom Finsteren Jäger. Und zweitens der vom Notebook.“
Wie bitte?! Ich versuchte, auf die Pfoten zu kommen.
„Relax, Kid“, sagte Master John, und Lena begann, mich im Nacken zu kraulen. Das war besser als eine Kamillenblütenduft-Dusche und ich blieb flach liegen. Was juckte mich der Gestank! Was die Kopfschmerzen! Ich schloss die Augen und entschwebte in himmlische Gefilde.
„Ich glaube“, sagte Kurt, „irgendein Teil vom Notebook hat ihn am Kopf getroffen.“
„Baldrian in der Not bringt alles ins Lot“, hörte ich den Grafen. „Wir träufeln ihm ein paar Tropfen ins Futter und morgen ist er wieder auf dem Damm.“
„Also, wenn man mich fragt“, ließ sich Berta vernehmen, „dann gehört da Salbe drauf. Und zwar rasch. Die Wunde tut bestimmt weh.“

Weiß der Bussard, das tat sie! Und dieser entsetzliche Gestank … Die himmlischen Gefilde entließen mich mit einem Plumps auf den Boden der Tatsachen. Ich öffnete die Augen, und es gelang mir, auf die Pfoten zu kommen.

Und da, vor mir auf dem Tisch, lag, was einmal das Notebook gewesen war. Man konnte nicht sagen, dass es sich in seine Einzelteile zerlegt hatte. Denn die waren zu einem Klumpen zusammengebacken. Und der qualmte noch immer.

„Der Finstere Jäger", sagte Kurt. „Er hat es zum Abschied zerspratzelt. Mit einem feurigen Blitz." Und als ich fragend die Pfoten hob: „Warum? Hm. War wohl bloß ein Witz."

Ich sah Master John an.

„Well", sagte der, „ich denke, er wollte seine Geschichte nicht uns uberlassen. Und bei Licht besehen: Er hat das Copyright."

„Copyright?", fragte Kurt.

„Das Recht des Urhebers, uber seine Geschichte zu verfugen." Master John seufzte. „Ich hoffe nur, er hat uber seine Geschichte im Macintosh nicht ganz so drastisch verfugt."

Im Macintosh bei uns zu Hause hatte ich nur den Beginn der Geschichte. Aber dann … Es war genau da, dass mir klar wurde: *Der Herr der Frettchen* hatte sich endgültig verabschiedet.

Die Wunde am Kopf stellte sich als nicht so schlimm heraus, wie sie zuerst ausgesehen hatte. Meine Schmerzen erklärte Master John mit dem empfindlichen Abwehrsystem von unsereinem, das sich auch bei kleineren Unregelmäßigkeiten energisch zu Wort melde. Man gehört eben zu den Nagern der sensiblen Sorte.

Berta hatte trotzdem darauf bestanden, Salbe auf die Wunde zu schmieren. Wogegen ja nichts einzuwenden gewesen wäre, wenn sie mich dabei nicht ermahnt hätte, die Salbe keinesfalls abzulecken(!). Dies einem kultivierten Goldhamster, der demnächst wieder einen Bestseller verfassen würde!

Ich hatte mich dann in meine Höhle zum Schlaf zurückgezogen, getreu Urgroßmutters Merkspruch „Willst du gesunden, schlafe zwölf Stunden“. Und tatsächlich: Als ich nach ziemlich genau zwölf Stunden aus meiner Höhle kroch, hatten sich die Kopfschmerzen komplett verflüchtigt.

Stattdessen hatten sich vor meinem Käfig Enrico & Caruso eingefunden.

„Er zieht ein Gesicht“, sagte Enrico, „als bereite ihm unser Anblick Kopfschmerzen.“

„Du triffst den Nagel auf den Kopf“, sagte Caruso. „Denn natürlich zerbricht er sich darüber den Kopf, welchen Unsinn wir wieder im Kopf haben.“

„Aber Kopf hoch, Freddy. Wir zwei haben nicht die

Köpfe zusammengesteckt. Interessiert es dich, warum wir zu dir gekommen sind?“
Brennend. So brennend wie die Frage, ob der Mann im Mond Kopfläuse hat. Ich gähnte und begann, mich ausgiebig zu putzen.
„Wir wollten dir“, sagte Caruso, nachdem er mit Enrico einen Blick gewechselt hatte, „unser neuestes Gedicht vorlegen.“
„Wir hätten gerne dein Urteil“, sagte Enrico. „Weil du ja unbestritten ein Fachmann für Lyrik bist.“
Das zumindest hatte sich also bis zu ihnen herumgesprochen. Ich stellte das Putzen ein.
„Es ist“, sagte Caruso und wirkte ein wenig verlegen, „ein selbstkritisches Gedicht.“
Aha? Da war ich aber gespannt. Was diese eitlen Meerschweine wohl unter selbstkritisch verstanden?
„Das Gedicht heißt: Hamsters trüber Rückblick.“
Wie bitte? „Moment mal, Jungs.“ Ich richtete mich auf. „Wehe, wenn ihr …“
Aber die beiden legten schon los. Gemeinsam deklamierten sie:

„Ein Hamster blickte trüb einmal
zurück auf seiner Werke Zahl:
Ein wildes Hamsterleben –
da muss es Schönres geben.
Ein Hamster lebt gefährlich –

so etwas ist entbehrlich.
Ein Hamster greift ein –
das muss ja nicht sein.
Ein Hamster schickt die Frettchen weg –
na ja. Okay. Das war ganz nett."

Dies war so ungefähr der uncoolste Angriff auf einen schriftstellernden Hamster seit es schriftstellernde Hamster gab.

Um zu antworten, hatte ich genau zwei Möglichkeiten. Entweder als Hamster – dann würde der gräfliche Verbandskasten nicht reichen, um diese beiden Meersäue zu verpflastern. Oder als Schriftsteller – dann würde ich dieses Machwerk zweier alberner Kritiker mit Nichtachtung strafen. Leider kam von den beiden Möglichkeiten keine infrage. Die erste nicht, weil man ein kultiviertes Haustier war. Die zweite nicht, weil, nun ja, ich das einfach nicht bringe.

Also reckte ich mich hoch, mit gesträubtem Fell, blies meine Backen auf und …

„Freddy!", hörte ich da Sir William. Er war oben an der Tür von Master Johns Zimmer erschienen.

Na los, Euer Lordschaft: Wir wollen doch nicht …

„Wir wollen doch nicht unfair werden, wie?" Er kam die Treppe herab. „Übrigens, mein Bester, hättest du eben wunderbar üben können."

„Üben? Was denn üben?"

„Was ihr Hamster offenbar nicht könnt: Über sich selber zu lachen.“
Würde ich ja liebend gerne, Euer Lordschaft. Nur: Dazu sehe ich nicht den geringsten Anlass.
An Enrico & Caruso gewendet, sagte Sir William: „Euer Gedicht, Jungs, ist hervorragend.“ Die beiden strahlten. „Indes“, fuhr Sir William fort, „sei mir ein kleiner Einwand gestattet: Der letzte Reim, ‚nett‘ auf ‚weg‘, ist unsauber.“
Verstimmt sahen Enrico & Caruso sich an. Denn natürlich hatten sie den unsauberen Reim absichtlich gewählt – weil dadurch das „nett“ nicht mehr ganz so nett klang. Aber diese Feinheit war Seiner Lordschaft entgangen. Weil er kein Fachmann für Lyrik war. Enrico & Caruso blickten zu mir her.
Und da nickte ich ihnen zu.
„Jungs“, hieß das. „Nett auf weg ist nett.“

24. Kapitel

Die große Abschiedsvorstellung von Enrico & Caruso bei den Kaninchen fand am folgenden Tag statt. Warum schon so bald? Weil Master John mit Lisa telefoniert hatte.

An sich wollte er sich nur erkundigen, ob der Macintosh noch ganz wäre. Was Lisa, die in unserer Wohnung nach dem Rechten sah, bestätigte (das kriegten meine bekanntlich superfeinen Ohren locker mit, weil Master John die Hörerlautstärke an seinem Handy ziemlich hoch eingestellt hatte). Darauf folgte ein längeres Gespräch zwischen den beiden, bei dem es mir gelang wegzuhören.

Plötzlich aber gab es eine Pause. Master John sagte nichts, Lisa sagte nichts. Und dann hörte ich: „Komm nach Hause, John. Ich habe Sehnsucht nach dir."

Tja. In der Sammlung von Gedichten, die ich plane zu veröffentlichen (richtig: die mit dem Titel „Die Sehnsucht des Hamsters oder Entfernte Ernte"), ist eines, das heißt: „Sehnsucht nach Sofie". Hatte ich Sehnsucht nach Sofie, meiner Herrin, bevor ich zu Master John umquartiert wurde (weil ihre Mami eine Hamsterhaar-Allergie kriegte)? Nach Sofie, die so einzigartig nach Sonnenblumenkernen duftet? Offen gestanden: Während der ganzen Zeit auf Schloss Ostereck hatte ich kein einziges Mal an sie gedacht. Auch nicht daran, das Gedicht „DER GEDANKE AN DICH, SOFIE …", das ich auf der Herfahrt erarbeitet hatte, in das Notebook einzugeben – was ja ohnehin vergebliche Mühe gewesen wäre. Aber ich hatte das Gedicht noch im Kopf.

Enrico & Caruso gaben ihre Abschiedsvorstellung hinter der Scheune unter dem Brombeergestrüpp, auf der freien Stelle mit dem Künstlerausgang.
Die gesamte Karnickel-Kolonie hatte sich versammelt. Ich und Sir William wurden mit heftigem Beifalls-Trommeln der Hinterläufe empfangen. Sir William, den seine Wunden überhaupt nicht behinderten, verbeugte sich tief, und ich, darauf nicht gefasst, wäre beinahe von ihm herabgestürzt. Ich hoffe, ich habe keine zu unglückliche Figur gemacht.
Wir wurden wieder zu unserer mit Brombeerranken eingefassten Loge geleitet, dieses Mal von einer jungen Kaninchenfrau. Sie hatte ein apartes rosa Näschen und zierliche Ohren.

„Danke, mein schönes Kind“, sagte Sir William. „Wie ist denn dein Name?“

Du lieber Himmel! Was war denn das für eine großväterliche Anmache?

Aber die junge Kaninchenfrau zeigte lächelnd ihre strahlend weißen Nagezähne. „Öhrchen Rosarot“, sagte sie.

„Öhrchen Rosarot!“, rief Sir William entzückt. „Welch ein hübscher Name! Würdig der Namensträgerin.“

Mann, o Mann. Das wurde ja echt peinlich. Doch da verabschiedete sich die Schöne: „Ich habe gleich meinen Auftritt.“

Was Sir William zu einer Salve von Hals-und-Pfotenbruch-Wünschen animierte; aber dann war auch das überstanden.

Und schon wurde es still: Baron von Nase war im Künstlerausgang erschienen. „Verehrtes Publikum! Werte Häsinnen und Rammler! Willkommen zur großen Abschiedsschau! (Show, Nase! Show!) Weil ein umfangreiches Programm vor uns liegt, lasst uns unverzüglich beginnen. Und hier ist es! Das allseits beliebte Duo!“

Es erschienen Enrico & Caruso.

Wie schon einmal bei ihrem Auftritt erbebte die Erde und erzitterte die Luft, weil fünfzig Kaninchen aus Leibeskräften mit ihren Hinterläufen auf den Boden trommelten.

Enrico & Caruso verbeugten sich eine Weile nach allen

Seiten und das ohrenbetäubende Trommeln hielt an. Dann hoben die beiden die Pfoten und es wurde still.
„Danke, Freunde!“, sagte Caruso, wobei er so tat, als spräche er in ein Mikrofon. Und tatsächlich schaffte er es dank der telepathischen Sprache Interanimal, seine Stimme so hallend und dabei so voll in den Köpfen erklingen zu lassen, dass man glauben konnte, die zwei hätten eine Verstärkeranlage von mindestens 10.000 Watt aufgebaut.
„Zuerst, Freunde“, sagte Enrico, auch er mit Mikrofon, „lasst uns ein Dankeschön sagen. Ein kaninchenherzliches Dankeschön an unsere –“, er und Caruso zeigten zu mir und Sir William hinüber, „– beiden Helden im Kampf gegen die Frettchen!“
Das Trommeln, das nun einsetzte, war mindestens so ohrenbetäubend wie das von vorhin. Ich und Sir William standen auf und verbeugten uns, wobei ich dieses Mal eine bessere Figur machte.
Als wir uns wieder setzten, sah Sir William mich schweigend an.
„Na ja“, sagte ich. „Also gut: Das haben die zwei super gemacht.“
„Und nun“, sagte Caruso in sein Mikrofon, „wollen wir mit einem Lied beginnen. Und zwar mit dem Lied, das wir euch neulich versprochen haben. Aber zu dem wir aus den bekannten Gründen nicht mehr gekommen sind. Mit dem Lied, das wir speziell für euch …“

„Rede nicht zu lange, Caruso“, unterbrach ihn Enrico. „Sonst kommt uns wieder was dazwischen.“ Die Kaninchen lachten.

Caruso rief etwas zum Künstlerausgang, und heraus schlüpften drei junge Kaninchenfrauen, voran Öhrchen Rosarot. Sie setzten sich in Positur und begannen zu summen.

Offenbar waren sie der Begleitchor.

„Hört also jetzt“, sagte Enrico, „das Lied der tapferen Tiere.“

Die beiden stellten sich auf – Enrico mit langhaariger, rotweißer Mähne, neben ihm Caruso mit schwarzweiß geflecktem Fell – und begannen zu singen.

Ich muss zugeben: Was die zwei boten, war absolut professionell.

Zumal die drei jungen Häsinnen, wenn sie den Refrain sangen, ein Ohrenschmaus waren.

„Ob wir rote, weiße Strähnen,
Felle haben oder Mähnen
oder Hörner wie das Gnu;
ob wir schwarz sind wie die Krähen
oder bunt wie Pfau’n aussehen:
Das tut, das tut nichts dazu.“

Der Häsinnen-Chor sang auf das Seelenvollste: „Das tut, das tut nichts dazuhuuhu.“

„Ob wir gerne Mäuse jagen
oder lieber Rüben nagen
oder grasen wie die Kuh;
ob wir wie die Hamster sammeln
oder wie Karnickel feiern:
Das tut, das tut nichts dazu."

Hier ging der Häsinnen-Chor leider unter. Und zwar im Gelächter von fünfzig Kaninchen, wobei viele entzückt die vorletzte Zeile wiederholten. Sir William sah mich von der Seite an. „Siehst du?", hieß das. „So können andere über sich selber lachen." Ich zog es vor, seinen Blick nicht zu bemerken. Nach kurzem kehrte wieder Ruhe ein.

Enrico & Caruso hielten nun die Mikrofone dicht vor den Mund.

Sie schafften es, ihre Stimmen lauter klingen zu lassen, gleichzeitig aber auch näher – so als sängen sie jedem Einzelnen ins Ohr:

„Aber ob wir unser Leben
leben, wie es uns gegeben,
immer tapfer stehn dazu;
ob wir unsre Furcht bezwingen,
fröhlich unsre Lieder singen:
Das tut, das tut was dazu."

Die beiden wiederholten mehrfach: „Das tut, das tut was dazu“, zusammen mit dem Häsinnen-Chor, und dann, ehe der Beifall einsetzen konnte, sagte Caruso ins Mikrofon: „Dieses Lied widmen wir allen mutigen Krallenkämpfern, schriftstellernden Hamstern und vor allem: allen tapferen Trommlern dieser Erde.“

Hatte ich mal behauptet, ich wüsste, was frenetischer Beifall ist? *Jetzt* wusste ich es. Die Kaninchen trommelten, dass ich Angst um mein Trommelfell bekam.

Sir William trommelte natürlich nicht. Er bewegte vornehm die Pfoten gegeneinander. Aber dazu rief er: „Bravo! Bravissimo!“, was für seine Verhältnisse ganz schön frenetisch war.

Ich patschte mit den Pfoten, um anzudeuten, dass auch ich begeistert sei. Aber wenn ich ehrlich sein soll, na ja, also, ich war’s tatsächlich.

Und dann hieß es, Abschied von Hilde, Hibbel und Nase nehmen.

Vorher hatten wir noch eine Menge Jux und Tollerei zu sehen bekommen (wie Urgroßmutter das genannt hätte), gar nicht übel zum Teil. Aber mit dem Lied der tapferen Tiere konnte es nicht mithalten.

Hilde, Hibbel und Nase kamen nach der Show zu unserer Loge. Enrico & Caruso waren nicht dabei – sie würden den Kaninchen bei einer großen Abschiedsparty auf Wiedersehen sagen.

„Ihr seid natürlich herzlich eingeladen“, sagte Hilde „Nur: Es ist eine Spezial-Party für Kaninchen und Meerschweine.“
„Und was heißt das?“, fragte ich.
„Es ist eine Sellerie-Party“, sagte Hilde mit glänzenden Augen. „Es gibt nichts als Sellerie.“
„Vielen Dank“, sagte Sir William hastig. „Ich denke, Verehrteste, ich sollte Master John endlich mal wieder Gesellschaft leisten.“
„Fre… Fre…“ Hibbel tat einen gewaltigen Sprung auf mich zu. „Freddy! Was ist mit dir?!“
Als Hamster zwischen fünfzig Karnickeln und zwei Meerschweinen, die alle Sellerie fraßen? „Äh, danke. Aber ich, äh, glaube, ich muss noch ein Gedicht fertig machen.“
Da nickte Hibbel verständnisvoll. „Ja, ja, die Dichter“, sagte er und blickte sinnend in die Luft. „Sie sorgen für die erhebenden Momente in unserem Leben.“
„Guter Hamster“, sagte nun Baron von Nase, „wirst du, was du hier erlebt hast, als Buch veröffentlichen?“
Ich nickte. „Wahrscheinlich.“
Der Baron reckte sich. „Dann verlange ich, dass mir als Hauptperson das Geschriebene zuvor zur Kontrolle vorgelesen wird.“
„Also, äh …“ Sprachlos blickte ich zum Baron hoch, der mich außerordentlich von oben herab betrachtete. Und da packte mich die Wut. Was fiel diesem Nase

ein?! Meine Bücher wurden niemandem zur Kontrolle vorgelesen! Und einem eingebildeten Karnickel schon gar nicht!
Ich stand steil aufgerichtet.
Und da fiel mein Blick zufällig auf Sir William. Er saß ruhig, hatte den Schwanz um sich gelegt und beobachtete die Szene.
Plötzlich sah ich das Bild mit seinen Augen: ein Karnickel, von oben herab daherschwätzend und so dumm, dass selbst ein vornehmer Kater es nur als Armleuchter bezeichnen konnte, und davor, mit gesträubtem Fell und gebleckten Zähnen, ein kleiner, wütender Goldhamster, der drauf und dran war, mit eben diesem Karnickel einen entsetzlichen Zoff zu veranstalten.
Ich besah mir dieses Bild genau.
Da musste ich so lachen, dass ich fast auf den Rücken gefallen wäre.

Kurt hatte freundlicherweise seinen Computer in unserem Turmzimmer aufgebaut, obwohl die Frist bis zu unserer Abreise jetzt schon nach Stunden zu bemessen war.
„Könntest du mir einen Gefallen tun?", bat ich Sir William. „Würdest du bitte Lena herbeiholen? Und zwar ohne, dass du …" Aber da hatte er schon ein Auge zusammengekniffen. Schmunzelnd verschwand er durch die Tür. Und zurück blieb, was er jetzt zwar nicht wie-

der gesagt hatte, mir aber noch genau in Erinnerung war: „Wir wollen doch nicht etwa der kleinen Sofie untreu werden, wie?"
Zum Bussard mit ihm!
Ich möchte hier mit allem Nachdruck feststellen: Sofie wird immer Sofie bleiben! Meine erste Herrin, die so einzigartig nach Sonnenblumenkernen riecht!
Aber es gibt eben auch Kamillenblütenduft.
Ich gehöre weiß Gott nicht zu den leichtfertigen Hamstern, die nach dem Schriftsteller-Motto leben „Neues Mädchen, neues Glück".
Aber ich hatte den Text bisher nur im Kopf. Es war leicht möglich, dass er mir verloren ging, wenn ich ihn nicht bald in den Computer eingab. Ein Schriftsteller hat die Verpflichtung, seine Werke für die Nachwelt so sicher wie möglich …
Da kam Lena herein.
„Hi, Freddy!" Sie nahm am Tisch Platz.
Hamstergöttlicher Kamillenblütenduft umfächelte mich.
„Ihr fahrt ja nun bald", sagte sie. „Blöd." Traurig sah sie mich an. „Echt blöd." Plötzlich sagte sie heftig: „Das ist sogar ziemlich blöd!"
„Lena", ließ ich auf dem Bildschirm erscheinen. „Ich möchte dir etwas schenken. Zur Erinnerung."
„Zur Erinnerung? An dich?"
Ich nickte. Und dann, während sie zusah, gab ich ein:

„DER GEDANKE AN DICH, LENA …
… schafft in meine Augen Glanz,
streicht das Fell mir glatt.
Füllt die Backentaschen ganz,
macht mich rundum satt.
Bringt mein Schnauzhaar sanft zur Ruh,
fächelt Duft mir zu.
So ist, denkt er an dich,
der Hamster ganz bei sich.“

Wir waren wieder zu Hause in unserer Wohnung.
Sir William hatte gleich nach unserer Ankunft eine große Portion Dosenfutter verzehrt und sich dann wohlig seufzend auf seiner Schlafdecke ausgestreckt. Enrico & Caruso saßen vor dem Fernseher und konnten sich endlich wieder, wie sie erklärten, künstlerisch fortbilden.
Master John hatte den Macintosh angestellt. „Alle behaupten es“, sagte er, „aber es stimmt trotzdem: East or west, home is best.“
Doch der endgültige Abschied von Ostereck, draußen auf dem Schlosshof, war uns allen schwer geworden.
„Wenn ich mir vorstelle“, hatte der Graf zu Master John gesagt, „was alles passiert ist zwischen Ihrer Ankunft und jetzt.“ Er schüttelte den Kopf. „Und es waren alles Dinge, die es eigentlich nicht hätte geben dürfen.“

Master John schmunzelte. „Die Dinge haben eben ihre eigene Vorstellung uber sich."
„So was dürfte es eigentlich auch nicht geben", sagte Berta und zeigte auf mich in meinem Käfig. „Dass so ein kleiner Kerl dicke Bücher schreibt. Keiner kann mir weismachen, das wäre gesund."
„Und was ist mit Meerschweinchen, die Gedichte machen?", fragte Kurt.
„Na ja, das war nicht schlecht", gab Berta zu. Dann brummte sie: „Aber kein einziges Mal auf den Fußboden gepinkelt. Das ist ja auch nicht normal."
„Also, Freddy", sagte Kurt. „Mach eine coole Geschichte aus der Sache hier. Eine echt spannende Erzählung, okay?"
Ich nickte.
Und Lena war an meinen Käfig gekommen und hatte leise gesagt: „Danke, Freddy. Ich hab's ausgedruckt und eingerahmt."
Und dann waren wir abgefahren.

Anhang

In dem für alle, die, anders als Freddy, die alte Fraktur-Schrift nicht lesen können, die so gesetzten Textteile wiederholt werden.

S. 14:
Merkwürdige und sonderbare Blut-Urtheile aus alter Zeit.

In einer Stadt des Reiches, woselbst das Tuchmacher-Gewerbe in hoher Blüte gestanden, hat ein Webermeister mit Namen Georg Kratzer die Siegel der Zunft nachgemacht und verfällscht. Weil er diesen Betrug also gefehrlich getrieben, ist er, unangesehen er über 70 Jahr seines Alters gewesen, andern zum Abscheu Freittags 14te May 1613 mit dem Schwert gerichtet worden.

S. 15:
In einer Grafschaft, welche klein und im Westen des Landes gelegen, ist ein Wilddieb so hart gerichtet worden, daß ein härter Urtheil nicht leicht erinnerlich sein könnte. Besagter Wilddieb, genannt der Finstere Jäger, ist, weil er Stücker drey Kaninchen auf gräflichem Grund mit Hülfe zweyer Frettchen erlegt, gefänglich eingezogen worden, und hat ihn der Gräfliche Gerichtsherr den 30ten Augusto A.D. 1593 andern zum abscheulichen Exempel am Galgen vom Leben zum Tode richten lassen. Die Frettchen aber, welche absonderlich groß gewesen, sind zuvor, weil der gleichen Missetaten schuldig wie der Finstere Jäger, ohne Gnade ersäuft worden.

S. 167:
Merkwürdige und sonderbare Blut-Urtheile aus alter Zeit.

Kürzere Kanzelvorträge auf alle Sonntage eines ganzen Jahres zum Gebrauch für Seelsorger besonders auf dem Lande von P. Ph. Geier, Pfarrer in der Grafschaft Ostereck.

S. 168:
Allgemeine Maaß-, Gewichts- und Münzkunde für die Grafschaft Ostereck mit Rücksicht auf angränzende Staaten.

Merkwürdige und sonderbare Blut-Urtheile …
Denkwürdiges aus der Grafschaft Ostereck, zur Erbauung so wie zur Belehrung fleißig gesammelt und nach der Chronologia geordnet von P. Ph. Geier.

S. 169:
Anno Domini 1567.

S. 170/171:
Obschon es nur unvernünftige Tiere gewesen, so haben die Leute an ihnen nicht wie Christenmenschen gehandelt. Indessen ist dies Geschehnis viel beredet worden und bis auf unsere Zeit, wie auch der ganze endliche Gerichtstag, im Gedenken der Menschen hiesigen Landes geblieben.
Jetzo aber war es an der Zeit, daß der freventliche Wilddieb seine harte, nichtsdestoweniger wohlverdiente und gerechte Strafe empfange. Auf Befehl Seiner Gräflichen Gnaden übergab man den Finsteren Jäger dem Henker, welcher ihn gebunden unter den Galgen gestellt.
Doch hat der Arme Sünder seine Strafe nicht reumüthig ausstehen wollen. Verschwur sich vielmehr gotteslästerlich und schrie laut, er wölle im Tode und in der Ewigkeit so lange keine Ruhe finden und auch nicht geben, bis daß solches Unrecht, so ihm angetan, an sei-

nem Richter oder an des Richters Nachfahren gerächet sey.

Unangesehen seines unbußfertigen und lästerlichen Schwures ist er alsdann ohne Anstände die Leiter emporgestiegen, von welcher der Henker ihn herabgestoßen, so daß er am Strick vom Leben zum Tode gerichtet worden.

Es zog aber just da ein gräulich Wetter herauf, und alsbald fuhren Blitze in großer Zahl vom Himmel zur Erde hernieder und gewaltige Donnerschläge erdröhnten, also daß alles Volk sich fürchtete und flüchtend sich zu retten trachtete. Doch da erhob Seine Gräfliche Gnaden lauthals die Stimme und befahl dem Volk umzukehren und den Finsteren Jäger zu betrachten, wie er am Galgen hinge zum abscheulichen Exempel für alle. Justament in diesem Augenblick …

Dietlof Reiche

Freddy – Ein wildes Hamsterleben

Gebunden, 160 Seiten

ISBN 3-89106-378-4

Freddy ist einerseits ein ganz normaler Goldhamster: reinlich, eigensinnig und meist hungrig. Andererseits fällt schon in der Zoohandlung auf, dass Freddy etwas Besonderes ist. Er hält sich aus den Raufereien der Junghamster heraus und macht sich lieber Gedanken. Seine große Chance kommt, als er bei Master John mit den vielen Büchern landet. Dort muss er zwar zwei freche Meerschweine und den strengen Kater William ertragen, aber er lernt auch etwas, was keiner für möglich gehalten hätte ...

„Geistreich und frech und so spannend zu lesen wie beste Hamsterlektüre." *Frankfurter Rundschau*

„Ein wunderbares Stück Kinderliteratur." *Badische Zeitung*

anrich

Dietlof Reiche

Freddy – Ein Hamster lebt gefährlich

Gebunden, 168 Seiten
ISBN 3-89106-388-1

Das konnte ja nicht gut gehen. Freddy hat die Warnung von Master John nicht beachtet, niemand dürfe von seinen literarischen Fähigkeiten erfahren. Aber jetzt ist es passiert: Der seltsame Dr. Dittrich weiß von Freddys Begabung und will unbedingt herausfinden, wie so ein intelligentes Hamsterhirn funktioniert. Darum versucht er den schreibenden Nager zu entführen. Freddy bleibt nur eines übrig: Er muss abhauen. Eine wilde Jagd beginnt ...

»Wahnsinnig witzig.« *Hits für Kids*

»Welch ein Gewinn für uns lesende Menschen!« *Die Zeit*

anrich